刊前語／既晴

二〇二三年的《詭祕客》終於與大家見面了。

這部台灣犯罪文學專門年刊能做到第三期，要感謝的是台灣犯罪作家聯會的創始成員、新成員們，以及願意賜稿的各界友人。催生一份刊物，的確是一件難度極高的任務，但畢竟再怎樣難做，做完一次就算是大功告成了，然而，延續這份刊物的精神，推出第二期、第三期……除了維持整體的架構，並跟隨時代、趨勢的變化進行調整，推出有指標意義的企劃，則是年復一年、時時自惕的嶄新挑戰。其實，決定要製作《詭祕客》的初衷，也是以製作三期為第一個階段性的目標。能達到這個里程碑，真的很高興。

最近一年來的最大變化，莫過於 Covid-19 疫情的解封了。這使得許多實體交流活動得以展開。以我個人而言，去年年底與八千子赴日本北海道，親訪「北海道ミステリークロスマッチ」的總召集人柄刀一先生，即是實體交流活動的起點。關於這次訪談，八千子的詳盡紀錄也收錄在本期內容裡。今年八月初截稿前後，犯聯成員蘇那先生也自香港訪台，還特地跑了一趟新竹，更令我非常感動。儘管疫情改變了全球人類的生活模式，但我們仍然期待網路不會是未來台灣犯罪文學交流的主要管道，而能夠有更多面對面的互動。

今年也是犯聯在實務上執行第八屆島田莊司獎的一年。在授獎的作法上，與過去的島田獎有很大的不同，本屆完全遵循日本文學獎的授獎流程，只取一位首獎作家，在決選評審會議後即選擇合適時機公布，頒獎典禮前才出版首獎作品。當然，我本身擔任最終入圍作品的評審，本屆入圍的三部作品，我認為水準均極為突出，差異僅在毫釐之間，無論是哪一部獲得首獎，我想都是實至名歸，也希望創作者們可以繼續創作，為華文犯罪小說帶來嶄新的風景。

此外，林佛兒獎、台灣推理評論新星獎都能在今年順利繼續舉辦，所幸有敍銘、楓雨的持續投入，這不但象徵了台灣犯罪小說的創作、評論能量極為旺盛，每一年都有優秀的作者、評者、出版品登場，也代表犯聯的經營開始取得顯著的成績。林佛兒獎依照去年方式，以入圍作品合輯的單行本來發表，台灣推理評論新星獎的獲獎作品，則同樣刊登在本期。本屆完美犯罪讀這本！的活動宣傳，在齊安的牽線下與 Bookwalker 合作，著實榮幸，而新成員庭毅、白羅的加入，更是圓滿完成評選的重要關鍵。還有，協助規劃這些獎項評選流程、實質評選這些作品的犯聯成員，面對龐大的作業量，真的非常辛苦，我也要致上由衷的謝意。

去年開始與高雄文學館合作推出的台灣犯罪文學在地共創型讀書會社群「解謎相談室」，今年擴大舉辦，除了既有的本土原創文本閱讀的「解謎相談室」之外，今年又新增了兩個系列——「在地檔案解讀」與「紀實書寫工作坊」。「在地檔案解讀」是以高雄在地的文獻資料為文本，而「紀實書寫工作坊」則需要實地進行田野調查蒐集當地文史素材，這兩項都是以往台灣犯罪類型文學創作者不曾涉及過的領域，可說是一項前所未有的躍升，感謝高雄文學館的信任，以及犯聯成員庭毅、Troy、A.Z.、君玲老師、俊偉老師、楓雨、齊安、海盜船上的花、敍銘、力航、雅玲、艾德嘉等人眾多專業人士的參與，才能一面維繫文本閱讀的前提，又開啟了台灣犯罪文學創作在全新領域的應用。

國際焦點的動向，本期的專訪是日本本格推理巨匠島田莊司先生，請他談談他長年遊歷各個國家、尋找日本本格推理在全球發展的可能性。台灣觀點的八千子，與澳洲作家們的多面向創作交流，應該是台灣首次。庭毅帶著《我在犯罪組織當編劇》進軍釜山，更帶來了向韓國取經的寶貴親體驗。八千子的小樽文學館的探訪之眼，令人遙想小栗虫太郎、中井英夫為日本推理留下的遺產。長年經營推理閱讀的清水圖書館，今年也以「寄情推理，閱讀既晴」為主題，舉辦了我個人生平的第一場書展，這是台灣犯罪文學的現在進行式。

本期《詭祕客》尚有影視製作訪談、犯罪地景等專論。莫比烏斯環座談會，眾作家們展示了名偵探人物塑造的實務技術；而台灣與海外同類作品的比較，今年也補足了下期。台灣犯罪文學史的梳理，今年的主題是「特殊犯罪」，呈現了台灣犯罪文學發展罕見的特異面貌。

「台灣犯罪作家聯會」執行主席 既晴

CRIMYSTERY

2023

第二屆台灣推理評論新星獎 54

CRIMYSTERY國際觀點

跨越七海藩籬的犯罪奇想壯遊之旅

CRIMYSTERY在地視野

深掘在地發想的創作巡禮

附錄

完美犯罪讀這本！2023

「完美犯罪讀這本！2022」獲獎作品評論

文／A.Z.、Zenky、八千子、牛小流、艾德嘉、白羅、林庭毅、若瑜、海盜船上的花、高雲章、葉桑、楓雨、提子墨、喬齊安、廣吾、蘇那

金獎（Gold Award）年度最佳長篇小說 五篇

《請把門鎖好【20週年紀念全新修訂版】》

作者：既晴／出版：皇冠出版

如果要論特殊犯罪的經典作品，《請把門鎖好》無疑是第一本會浮現在台灣讀者腦海中的小說。故事從刑警吳劍向接到一個奇怪的報案開始，原本只是負責幫老太太抓一隻巨大的老鼠，但是老太太卻堅稱這只老鼠是吃屍體長大的，而且還真的發現了一具屍體，故事自此從警務日常變成密室犯罪。而當讀者以為這是單純的密室犯罪作品時，作品調性又急轉直下，加入了魔法和神祕學的元素，吳劍向也從偵探變成唯一的嫌疑人，開始一連串逃亡和解謎的過程，揭示了各種靈媒、法術甚至惡魔的存在。在加入奇幻的元素之後，故事以更劇烈的幅度不斷反轉，反覆打破過去犯罪小說的套路和常規，整個故事發展在意料之外，細想卻又都在情理之中。

既晴對於神祕學和魔法的歷史一直以來都有深入的研究，相關資料十分扎實，這也體現在後續張鈞見系列的作品之中。而在二十周年的全新修訂版中，對於整個故事節奏和氛圍的掌握又更加精準，對於這種結合驚悚、奇幻和犯罪小說的複合體，堪稱是開山立派的宗師之作。

《成為怪物以前》

作者：蕭瑋萱／出版：印刻文學

故事在氛圍營造和情節鋪陳十分用心，重重的懸疑感讓人忍不住一頁頁翻下去，同時以「氣味」這獨特的手法貫穿全文，讓人眼睛為之一亮。「氣味」是無形無味的存在，要透過文字描述出來，實屬不易。作者在香水和氣味的形容上，讓人腦中充滿畫面，鼻中似乎也飄來屬於這一刻的氣味。

屍體、鮮血、腐敗的氣味，用寫實而細膩的筆法，建構出一個個命案現場。該是令人畏懼而退避三舍的場景，卻在作者的筆觸下，讓人不禁想對這樣的危險充滿好奇。

故事地點就在台灣，街道的樣貌、人們的語調、還有濃濃的人情味，都反映出在地的感覺。

在人物個性的刻畫上，也十分有特色。不管是主角、配角、甚至亦正亦邪的角色，都活成有血有肉的人物。讓讀者跟隨著主角的步伐，一步步揭開謎題，同時也感受到主角心中的抑鬱和掙扎。而「怪物」也在這樣的掙扎裡，暗無聲息的浮現眼前。

《神隱》

作者：A. Z. ／出版：秀威資訊

這是一部令人著迷的小說，融合了多個角色的短篇貫穿劇情。在島原市小鎮中，澤田老奶奶獨自居住，最近她發現了奇怪的聲音源頭。而這個本來平靜的小鎮竟然發生分屍案，讓全鎮人心惶惶。故事接續講述了田中、中島和島澤的故事。

田中是個愛讀童話故事書的小學生，她與神祕的美麗女子相遇，而女子說的故事竟然成真了！中島則是個品學兼優的孩子，卻被揭發懷孕了，而幕後是繼父的性侵。然而，她聲稱和繼父是相愛的，引發疑惑。島澤是一名能力卓越的保險員，他與妻子求子多年，最後去了一個靈驗的神社，但丈夫卻神祕消失，讓她陷入困惑。

作者在故事中巧妙地描繪了角色的情感和行為，故事節奏平緩且流暢，而角色們的情感爆發更是令人震撼。整部作品充滿了懸疑和恐怖氛圍，與人性黑暗面的描寫。

《婚前一年》

作者：李柏青／出版：尖端出版

乍看之下很難定義為犯罪懸疑類型的奇妙作品。表面上看似為一部描寫職場生活的大眾小說，在字裡行間帶入了日常推理的元素，但作者將這些元素以及預藏的小伏筆，疊加起來到最後一刻爆發出專屬於犯罪類型小說的意外性結局，迫使讀者懷疑自己是否漏看了什麼關鍵線索，導致在最後揭露真相時久久無法自已。

《婚前一年》的作者李柏青，其創作類型橫跨犯罪推理及三國歷史，在兩種不同的創作領域皆能夠對於人物的描寫下足功夫。任何人在不同的社群之中，會扮演不同的角色及呈現出不同面向。作者很妥善的運用這個原則，將每個登場人物都塑造得具有立體感和層次感，即使是不太重要的角色，其存在感也不可忽視。整部作品依據角色與角色之間的互動來搭建出完整的故事架構，連帶鋪陳一個隱藏的謎題給予讀者一個細心及耐心的挑戰。

《美玲的記憶咖啡館》

作者：李奕萱／出版：蓋亞文化

自拉丁裔的馬奎斯之後，魔幻現實主義已誕生了半個世紀，同樣有悠久殖民歷史的台灣，又會孕育出怎樣的故事？

書中的三位國中生，代表著台灣的不同族群，主角琉璃是本省人，男角承揚是新住民，還有是原住民的彥姍。北投這片土地上，時空彷彿是摺疊的，三位學生竟然遇上不同年代的「靈體」，隨著一連串的失蹤事件，道出一個奇幻而浪漫的故事。

讀這本書，感受深刻。不得不佩服作者，以那麼輕柔的筆觸，去演繹一個充滿懸念的故事。在文學裡，真實與虛構已無關重要，就直接把「靈體」寫進日常吧！每個有歷史的地方，都盛載著苦澀的回憶，那些「鬼」豈不就是我們過去的創傷嗎？

讓人反思的是，我們要把它們視為包袱，一一地摒棄，才能面對未來？還是正如作者所說，要與傷痕共存，接納一個有缺憾的民族？

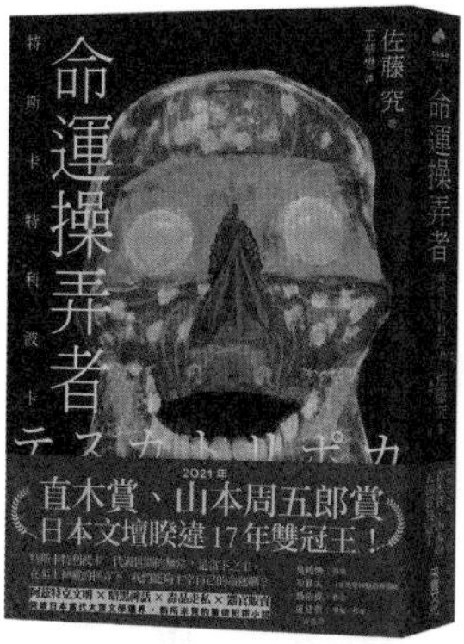

水獎（Aquatic Award）年度最佳翻譯小說　六篇

《命運操弄者：特斯卡特利波卡》

作者：佐藤究／出版：采實文化

二十五萬字的年度犯罪小說金字塔，格局遼闊，專業知識深入，不論各地語言風土信仰、黑道販毒殺人，金屬工藝、買賣器官和醫學常識都寫得絲絲入扣。一路讀來非但沒有閱讀百科全書的無聊枯燥，亦無灌水、炫技的不舒適感。

本作的題材和概念非常富有開創性，融入動漫的畫面感，跳出既有純文字犯罪小說的既有框架，彰顯出類型文學的新境界。書中黑道火拼、販毒殺人、買賣器官、逃犯難民、種族問題等犯罪行為均能反映當代社會狀況，或能引起讀者關心，產生共鳴。

書中主人翁，性格鮮活、外表栩栩如生，具有辨識度，讓人過目不忘，雖然冗長的外國人名字，依然可以留下深刻印象。情節緊湊連貫，有高潮起伏及起承轉合，具有高度娛樂效果。文采引人入勝，可以帶來閱讀的沉浸感。雖然如此，邏輯嚴謹前後一致，先後次序符合情理。

《淡藍之眸》

作者：路易斯・貝雅德／出版：尖端出版

一八三〇年，西點軍校的一名軍校生遺體遭人發現，屍體的心臟甚至被人挖除。迫於輿論壓力，軍校的負責人邀請退休警探蘭德協助調查，並與當時還是軍校生的詩人愛倫坡共同偵破這起古怪的謀殺案。本書利用愛倫坡早期曾就讀軍校的經歷，敘寫這位懸疑小說鼻祖作家年輕時不為人知的故事，並結合神祕學與歷史背景創造一個黑暗幽微卻極具魅力的舞台。

除了案件本身，讀者也可以藉由對愛倫坡的認識，從故事中尋找與其後世作品相輝映的元素。善惡並沒有在本書中被賦予絕對的答案，許多細節須經反覆推敲方能明白作者的用意。《淡藍之眸》的雙眸被認為是愛倫坡的眼睛，他所看見的不僅僅是真相，還有在往後伴隨其自身與作品的死亡。

對比電影，小說中針對人物的心理描寫以及案件的細節有更詳實的敘述。即使是看過電影版的人，重新翻閱小說一定也能收穫新的樂趣。

《十二個人的信》

作者：井上廈／出版：皇冠文化

井上廈曾獲直木賞、谷崎潤一郎賞、日本藝術院賞、讀賣文學賞等大獎並享有「日本最具影響力的國民作家」盛譽，本作為台灣首度翻譯出版之作品。書中以書信體及其他應用文之形式如公文、通知書、便條留言等作為主要結構，含序幕和終章共十三篇看似互無關聯的文書，巧妙地運用形式展開故事劇情，將小說之訊息量與戲劇性壓縮於書信中，揭示報復、暗戀、背叛等陰謀算計之軌跡，透過精彩絕倫的寫作技巧，展現人性寫實的複雜性和思想的深度，濃縮人生百態。

作者大膽剔除小說基礎形式，無疑是對懸疑故事與小說本質的挑戰，此設計更使讀者閱讀時須轉換思考模式，截取出各篇書信、文件中的顯而易見的敘述、資料、情節，也須留意暗藏其中的譬喻與謎團，過程如同親手拼湊線索碎片，被迫思索核心議題，逐漸走向令人驚嘆連連的真相。在書信逐漸式微資訊爆炸的現代，本作簡潔俐落又精準獨特，仍能帶來充滿樂趣、令人難忘的閱讀體驗。

《銀港之死》
作者：克里斯・漢默／出版：木馬文化

本作為英國犯罪作家協會新血匕首獎得主、國際暢銷犯罪小說家克里斯・漢默，以記者馬汀・史卡斯頓為主角的第二部作品。

馬汀・史卡斯頓回到從小長大，闊別二十餘年的家鄉銀港，準備跟未婚妻蔓蒂開始新生活。然而在家鄉等待他的，是遍地血跡的屋子，滿手鮮血的未婚妻，過去的好友躺在屋子玄關，已經死亡。

為了幫未婚妻洗刷冤屈，馬汀走遍家鄉各地，向關係人打探線索。查明案件真相外，馬汀還必須面對昔日在這裡生活時的陰影。多年重逢卻已成鬼的好友，背後是否有更為深沉的祕密？面對刑案、往事和祕密的衝擊，他和未婚妻期待的未來是否能順利展開？

除了犯罪文學常見的懸案與推理情節，克里斯・漢默在書中用細膩的筆觸，將馬汀的家鄉銀港營造成一個活靈活現，面對產業、觀光、新興宗教、毒品等問題，在迷惘中尋求轉型的澳洲城鎮。

加上出版社詳細的註釋。讓讀者除了享受燒腦的樂趣，也能品味和歐美、日本不同的異國風情。

《烈火謎蹤》
作者：坎德拉・艾略特／出版社：奇幻基地

梅西・凱佩奇探員系列作第二集，故事描寫美國獨特的「準備者」文化。這群人並非完全遠離文明世界，而是盡可能為某些自然或人為的災難隨時做好準備，例如存放大量物資、槍械、電力設備等，對習慣生活在便利與科技社會的人來說，這群人似乎成了一群偏執的怪物，替不太可能發生的災害進行多年準備。而準備者這一特殊文化背景，竟成了該系列作品最與眾不同的賣點之一。

對比前作第一集《破鏡謎蹤》，主角梅西為了解決準備者連續命案，並帶出梅西與準備者家族間的神祕關聯後，第二集《烈火謎蹤》更增加了縱火殺人案，以及牽連到反政府的大規模組織活動。雖然故事背景依舊，但在《烈火謎蹤》裡的人物背景刻畫更加鮮活，甚至有了第一集的鋪成後，第二集令人感覺劇情更加緊湊與連貫。

也許獨特的準備者文化對台灣讀者來說稍微陌生，但隨著劇情開展，完全不構成融入閱讀的障礙，反倒有種新奇，收穫滿滿的閱讀體驗。

《惡德輪舞曲》

作者：中山七里／出版社：瑞昇文化

日本司法考試艱難，得以通過考試，以法條掌管人命的司法界人上人：法官、檢察官與律師，在日本一向享有高收入與良好名譽。但是如果一個優秀的律師，其實有另一個身分：少年殺人犯的話，會發生什麼事呢？

「逆轉的帝王」中山七里把擅寫逆轉的特徵搬到「法庭推理」上，為小說的娛樂性拉高了好幾個層次，塑造出與過去警察小說截然不同的痛快。御子柴是一名律師，他不能查案緝凶了事，真正的任務是「打贏官司」。而在日本律師要打贏官司，難度比起當偵探還要高得多。因為只要檢察官立案起訴，法官判罰有罪的機率高達99.9%。

御子柴往往在故事中面臨勝算為0的絕境，不僅需要查出真相，更得擬定辯護戰略，用口才與證據正面擊敗占盡優勢的警檢，以破天荒的方式逆轉鐵一般的事實以及法官、裁判員的認知，總叫讀者嘆為觀止。儘管主角人設爭議，但完成度與業界口碑、銷售量都是無庸置疑地出色，無愧當代名家中山七里的代表作之一。

土獎（Earth Award）
年度最佳非小說　一篇

《恐懼，是保護你的天賦：暴力年代完全自救指南》

作者：蓋文・德・貝克／出版：台灣商務

本作融匯了心理勵志與防暴自救的獨特觀點，引述了一系列令人毛骨悚然的真實案例，讓讀者了解恐懼是我們覺察危險、趨吉避凶的天賦。作者曾三度擔任美國總統的安全顧問，以其豐富的專業知識和經驗，精心剖析了街頭犯罪、辦公室暴力、婚姻中的殺機、痴纏和恐嚇威脅，以及青少年暴力的內在成因和外在特徵。

對於恐懼和暴力，我們經歷太多，卻又知之甚少。在躁動不安、治安崩盤的今天，每一個人都需要對自身安全有所預警。本書不僅僅是一本理論教材，更是一本實用的教戰手冊。書中的案例分享讓我們了解如何防備和避免一些危險，為自身安危做好充分準備。

火獎（Fire Award）年度最佳短篇小說　兩篇

〈遺忘的殺機〉

作者：葉桑／出版：秀威資訊

幽微筆觸和場景設定彷彿將讀者帶回到二十年前的日本。在異國與本該過世的青梅竹馬重新相遇，其人物內心的情感糾葛放到現在依舊讓人深感共鳴。犯罪小說最精彩的或許從來不是謎題如何設計、偵探如何透過蛛絲馬跡偵破案件，而是揭開角色當時是抱持著如何的心情去設下謎底、犯下罪行，以及在一切水落石出後眾人的心情與反應。

〈集郵者〉

作者：高雲章／出版：秀威資訊

這是一篇相當高水準的犯罪小說，它的筆觸不走平易近人的娛樂調性，而是以複雜詭譎的高智慧犯罪手法鋪陳整個局面，十足的燒腦佳作。當實力爆棚的偵探對上多變難臆且勢在必得的罪犯，直覺式邏輯早已失效，幾次精彩翻轉，不到最後根本推敲不出真相！

然而，有些「反派」的催生，是源於一場場血淋淋的社會摧殘，是一次次難以聲討的無效正義，才使人性失格。可「私刑正義」真的正義嗎？這堂而懸之的問號，將是這篇「集郵者」呈給讀者慢慢細品的犯罪自白書——

木獎（Tree Award）
年度最佳海外華文小說 三篇

《香江神探福邇，字摩斯2：生死決戰》
作者：莫理斯／出版：遠流出版

繼《香江神探福邇，字摩斯》，本作蟬聯「完美犯罪讀這本！」木獎，並一舉奪下今年首增的年度人氣獎（海外華文小說類），可謂銳不可當。那一年，抽水煙拉著胡琴自娛的神探驚艷登場，結合《福爾摩斯探案》的故事脈絡，與晚清時期的香港背景融為一體，與史書記載的古人打交道，穿梭在繽紛多彩的歷史街道，無不讓人誤以為香江神探是真實人物。來到第二集，格局提升到另一個層次，動盪時代接軌世界各國的軍事衝突，福邇已從私家偵探一躍而成救國英雄。六篇故事各有千秋，最讓人驚艷的是《舞孃密訊》改編自家喻戶曉的故事，密碼設計是無法跨越的創作高牆，但作者出色地以不同角度賦予新玩意，並巧妙串聯尾聲的《終極決戰》。福邇命中註定的敵手也在本作登場，除了原著的形象，與偵探敵對的文化身份更是巧妙，讓兩人口中的決戰不只是智斗，更是牽涉國家存亡的死戰，長白山大瀑布的俠客對決，熱愛香港影視的讀者忍不住鼓掌叫好。

《執念》
作者：雷米／出版：高寶

執念不是毅力。

毅力是即使遭遇痛苦阻礙，依然向充滿人性弱點的心靈，挖掘出一絲堅持的力量，是對自我的成就；執念也能幫人跨越這些障礙，但卻是在逐漸崩潰的理智中，意識到自己受到它的控制，所謂的自我，只是那股黑暗的傀儡。

在《執念》本書中，作者用細膩的筆法，深入書寫了一群角色的執念。這些人都與一系列連續殺人案有關，有的人是凶手，有的人是被害者家屬，還有一群對案情各有不同解讀與立場的警探。他們的生活被這起噩夢糾纏，於是他們被執念一一攫獲。執念或許來自受損的自尊，或許來自復仇的渴望，或許來自對正義的堅持。但扣除純為逞慾的凶手，無論其他角色的那份動機是否令人同情，他們最終都為執念的牽制所苦，甚至有人為之瘋魔，犯下不可原諒的錯誤。

隨著正義變成一種執念，你可以維持原則多久，而不被你凝視的深淵變成怪物？想要見識人性的糾結，你一定要讀一讀《執念》。

《催眠師手記：無罪的嘆息》
作者：高銘／出版：寶瓶文化

作者說，催眠不是暗示，是結果。

小說中的案例，都是幫助受催眠者，從深層記憶中找到曾經看過、感受過卻因為種種原因而無法想起的片段。各個短篇的案例多變且真實，而我們透過催眠師的問句一來一往，推敲發生在案例身上的事，事實上我們就是推敲一個，已經發生過的結果。

故事除了著重在催眠，理性且看事精準的搭擋也很重要，兩人一搭一唱，看起來比讀者還像個旁觀者，有時說出來的結語，比讀者還要冷血，但就是這份冷靜沈著，才能帶領讀者在那雜亂的催眠記憶中，一點一點看出每個案例未道破的問題點。

——你願意被催眠嗎？

事實上，不管你願不願意，當你看完這本書，事實上你已經被催眠過了，只是你毫無察覺，就像書中的案例一樣，你不過是睡了一覺，過程只有旁觀者，才知道真相。

作者林庭毅親自上台推介入選作品《我在犯罪組織當編劇》
（文策院提供）

二〇二二年釜山亞洲內容電影市場展參展經驗分享

文／林庭毅

釜山亞洲內容電影市場展簡介

近年因網路串流興盛，民眾獲取影視作品的管道不再限於傳統電視或影院，各種類型的影視作品透過串流平台更快速傳播到世界各地，而近年韓國影劇更是被全世界所喜愛，其中每年十月在韓國舉行的釜山影展為世界主要大型影展之一，且擁有目前亞洲規模最大的市場展，期間匯聚來自世界各地的電影創作者、製作人、買賣家等。

筆者的小說作品《我在犯罪組織當編劇》很幸運在文化內容策進院的邀請下，參與去年度釜山亞洲內容電影市場展（ACFM）的徵選，經由韓國評審後，獲選當年代表台灣參與Busan Story Market(BSM)的十部台灣作品之一。這是一個提供小說、漫畫、遊戲等原創出版作品進行各種跨域改編的ＩＰ版權買賣市場，邀請入選ＩＰ代表進行提案與商務會談等難得機會。

市場展主要分為四天會議，從上午九點半開始至晚上六點結束，每組會議面談時間約三十分鐘，各國ＩＰ代表分配排定的會議區，市場展更貼心考量到語言問題，每場會議皆有隨行中韓翻譯老師。此外，今年特別安排台灣ＩＰ的提案專場，每組五分鐘全英文介紹，共計一小時完成，並在市場展會議正式開始前一日，安排彩排行程，讓參展人員熟悉場地。

除了提供各國代表洽談ＩＰ授權會議的專用區外，鄰近展區更設有韓國數十家知名出版社駐點代表的洽商區，更是讓來自各國的ＩＰ業者，直接與韓國出版社推薦自家作品與認識的好機會。

台韓洽談經驗差異

這次入選釜山市場展，是筆者連續第三年參與的ＩＰ市場展，前兩年則是參與文策院主辦的創意內容大會，因此可看出兩者參與面談的公司差異性。

就我前兩年接觸過的台灣影視業者，大都僅看過故事簡介或書名而來，僅有少數閱讀全文內容，並有清楚ＩＰ改編的想法，因此在短短的三十分鐘裡，必須花費約一半的時間講述故事內容，大部分則是先來了解故事，而非真有改編的需求。

至於釜山BSM前來洽談的韓方業者，大都會明確地表達是因為看完官方簡介後感到興趣，甚至聊到未來改編成劇集或電影的想法，因此會明確地詢問我是否有韓文版ＩＰ改編授權的意願。特別的是，因為市場展少有作者本人親自參與，因此製作公司也會進一步了解改編的接受幅度，甚至聊到改編成他國版本可能會遇上的問題。此外，當得知台灣方的製作公司正在進行華語劇集開發，韓方也想了解台版的劇本規劃與進度，整體來說目的性較台灣業者明快清楚。

但由於受限於語言因素，眾多韓方製作公司僅能閱讀大會主辦提供的翻譯大綱，而每一家業者幾乎都會要求韓文版或英文版全文。對方表達若需要進一步考慮改編，則有必要閱讀完全文的需求，而這一點也成了台灣大多數參展ＩＰ共同的弱項。雖多數韓方代表表示，可以接受長版英文大綱，但依然會希望等最終外譯韓文版小說出版後，一定要讓對方知曉。由此可知各家製作公司並非僅依靠大綱或摘要就進行ＩＰ改編請求，而是嚴謹地等有能力閱讀完整本作品後，才會進一步的採購。

作品共鳴是走出國際關鍵

過去創作者總希望可以將故事搬上螢幕但苦無機會，而影視圈又一直喊缺乏優秀的好故事，想想這其中一定有某種問題。近年文策院也推動出版與影視之間的媒合方案，將深埋在書架的好故事影視化成不同的創作，漸漸看出成效。

若以筆者授權經驗來說，台灣作品授權到東南亞等國家，若當地受眾或業者已對台灣原創內容具有熟悉感，在洽談上較為容易。但若授權至日韓等國，因對方文化內容已具備國際優勢，因此在推行上，更需國際獎項入圍等曝光加持。一般來說，要進行國際合作與跨國授權，知名度、話題性與銷量皆是國外業者考量的因素之一。

另外，在影劇改編授權方面，累積釜山參展洽談近二十多場會議的難得經驗後，感想是韓方或國際業者皆想找好故事ＩＰ來改編，但尋找的內容是能落地成韓國或其他國家的文本，若太強烈的在地性，反而不具備優勢。此外，從文本改編，因已具備出版市場驗證，商業風險較原創劇本小。

但對於創作者來說，又有哪些可努力的方向？

過去常聽見越在地越國際的說法，而筆者這次的經驗是要走出國際，卻要設法引起他國觀眾喜愛，乍看之下似乎有點矛盾，但其實不然。要知道任何影劇作品的核心，依然是一個好故事。而故事之所以能打動人心，吸引觀眾，關鍵在於是否引起共鳴？

雖然將原創作品推向國際，必須考量到能否被對方國家觀眾接受度的問題。但對於創作者來說，我們在寫下故事之前，可以先思考這個故事的核心是否具備普世的情感？例如愛情、友情、親情、復仇、夢想等等，任何足以打動人心的元素。

原創作品推向國際的確不容易，但其實各地觀眾要的很簡單，就是一個好看的故事而已。近年日本有一本獲得本屋大賞全票滿分第一名的小說，叫《向敵人開槍吧少女同志》，是由日本作家逢坂冬馬描寫德國和蘇聯戰爭的故事，全書沒有出現一位日本人，但筆者看完了，而且非常喜歡。不免讓人思考，作者為何敢進行如此大膽的嘗試？但他不但成功將故事跨出日本，感動評審，感動異國編輯出版，甚至感動他國的讀者。原因在於他寫出了一個好看動人的故事而已。

對於創作者來說，謹記先設法感動自己，就有很大的機會打動你的讀者。

2022 年釜山市場展會議現場

「不是改變過去，而是要改變現在、甚至未來人生的獨特探索方向！」

《我在犯罪組織當編劇》影視改編座談會

文／喬齊安

受訪者：台灣犯罪作家聯會林庭毅（以下簡稱「林」）、嚴選娛樂電視製作有限公司負責人顏卉婕（以下簡稱「顏」）

採訪人：知名評論家喬齊安（以下簡稱「喬」）

喬　首先想詢問作家庭毅，你的第一部長篇出版小說《我在犯罪組織當編劇》可說是在過去兩年間紅遍半邊天，首先以自費出版的型態在文策院得獎、獲得奇幻基地出版社邀請出書，接下來連續賣出影視版權與泰文、日文版權。請問庭毅當初是如何從腦海中構思出這一個故事，覺得《我在犯罪組織當編劇》主要想要分享的價值觀是什麼事情？以及對於將這部作品進行影視化，心中有什麼期許呢？例如說是否有特別不希望被改編去掉的情節？

林　本書最開始是先有書名：我在犯罪組織當編劇。最初我正好奇著一個主題，人總是很容易羨慕他人，認為別人的人生似乎都比自己擁有的好。如果，這時出現一個神祕組織，能動手修改自己的人生劇本，究竟會發生什麼事？這也是我一直想嘗試的主題。

針對影視化的期待，身為原作者，很期待影視作品是一部能超過原作品的創作。如果有機會更強化故事的懸疑性與動作場面，或者補充犯罪組織裡的角色任務分工畫面，並且讓觀眾看完後，每段結尾可觸動溫暖感動的情緒，我想會是一部很吸引人的作品。

林庭毅／作者

對於本作品改編成影劇版本，我抱持開放的想法，畢竟小說與影視是完全不同的表現形式，重點在於影劇作品是否能夠吸引觀眾？主要角色的人物設定是否能討喜？以及娛樂性是否足夠？此外目前職人劇、懸疑元素當道，若有其他讓大眾感到有趣或共感的議題，增加不同人生困境的委託者，我認為都是可以調整或改寫的。

喬　感謝庭毅的分享，在跟庭毅認識的過程中，我個人覺得非常佩服你的一點，就是當時你是自己站出來與影視公司洽談、自己出馬介紹故事情節與創作構想。與大部分作品在獲獎出名後、必須由出版社或經紀人出馬洽談的狀況截然不同。庭毅自己應該過去也沒有這種直接面對影視人的經驗，想請你聊聊你當時是怎麼樣去跟影視方推薦自己的作品？如何在有限的幾分鐘內迅速讓對方了解故事的內涵？覺得在這之中有沒有吸取到什麼值得分享給其他想要推薦自己作品的作者的特別經驗呢？

林　我在二〇二〇、二〇二一年皆入選文策院的出版影視媒合潛力改編文本，以及二〇二三年入選釜山影展ACFM。第一年的確是毫無經驗，但幸運的是因為對本故事有興趣的業者有許多家，若僅算台灣業者，就有二十餘場的商談經驗。會議大多是在創意內容大會進行初步洽談，也有受邀到對方公司討論，因此我從只對出版業務熟悉，隨著開會經驗變多，對ＩＰ影視改編的知識也迅速累積。

大部分前來洽談的影視方可分為兩類，一類是對本故事有興趣，但尚未讀過，另一類則是讀完後，有清楚的改編想法需求。面對前者，必須在十分鐘內講完故事大綱、角色設定、核心價值、以及本ＩＰ獨特之處，但由於對方僅知道故事概念，因此在討論上較為困難，對方改編需求也五花八門，相當容易偏題，因此身為ＩＰ擁有者必須時刻注意拉回故事的核心，因此面對這類型的公司僅能作為初步認識的場所，一切討論必須等對方完全閱讀完才能接續。

而面對有先做功課的製作公司，則可以很清

楚地直接進入為何對本IP有興趣？改編方向為何？以及未來是製作劇集或電影等形式？也由於都是閱讀完故事才來洽談，因此可更確定是對本IP有強烈興趣的製作方，在洽談上，可更容易談論改編方向等創作面的問題。與本故事合作的嚴選娛樂，當初便是讀完全書後，很認真地進行簡報與有明確改編方向，因此在討論上相當放心。

喬　接下來想請教嚴選娛樂的負責人顏小姐，您當初應該在文策院的媒合作品中物色了很多部作品，想了解當時是被《我在犯罪組織當編劇》的哪一個部分所吸引而找上庭毅洽談？洽談後這本作品又是因為哪一個關鍵因素或是獨特賣點，讓您們決定出手買下IP，並進行影視改編的作業呢？

顏　很高興收到犯聯邀請詢問關於《我在犯罪組織當編劇》當初合作的契機，在二〇二二年文策院影視作品媒合活動當中，嚴選娛樂秉持著一定要看完書及相關參考資料後，才圈選心動作品的原則，也在最後由製作公司共同投票選出的潛力改編作品當中，看到《我在犯罪組織當編劇》成功入選其中一名，甚至受到許多韓國公司的青睞，更榮登當年度排名第一最有潛力之作品，從中可見作者新穎的創意，及清楚明確想要傳達給讀者的訊息。

一開始「暗蕨」組織成員由導演、編劇及製片等人組成的設定，便讓身為電影從業者的我們，更能深入其中及感同身受，尤其是日本曾經也有過類似的電影作品《一屍到底》，類似以劇組人員為核心的故事設定，很受到觀眾的歡迎，相信在推出《我在犯罪組織當編劇》時，能夠因此讓觀眾很快的進到故事當中，並且吸引觀眾進來觀看。

藉由與作者林庭毅的討論過程當中，嚴選娛樂雖然是只成立快三年的新創公司，但我們堅持將小說及故事了解及閱讀完畢，在與作者線上討論時，作者有感受到我們的誠心、對於故事的喜愛及對於故事的想像等，最後才榮幸獲得作者的認同，促成了這次合作的契機。

而嚴選娛樂在選擇改編作品當中，非常著重故事的訊息、高概念、設計及ＩＰ的延伸性，而是否有機會成為一個與「國際合作」能夠不僅僅成為「華語影視作品」，甚至未來可以成為「韓劇」、「日劇」等改編機會，其關鍵因素及獨特賣點，在於探討大家都可以感同身受的「交換人生」及「羨慕自己沒有」的東西，我們希望最後的改編作品能夠成為一個具娛樂性且發人深省、值得一看再看的影視作品。

在二〇二一年，《我在犯罪組織當編劇》很榮幸地入選釜山國際電影節市場展，本作書名吸引了非常多韓國知名製作公司前來洽談合作，並且也獲得官方入選該作品的正面評價「以往很多作品都在討論改變過去的人生，《我在犯罪組織當編劇》卻新穎的討論改變「現在、甚至是未來」是一個非常獨特且有趣的探討方向！而二〇二三年原作小說也陸續代理於日本、韓國出版，也已經在泰國出版上架，相信《我在犯罪組織當編劇》會成為一個非常成功的ＩＰ，也同時正在累積讀者及未來的觀眾，非常謝謝與這部作品相遇，作者選擇我們，雖然我們還有很長的路要一起奮鬥。

喬　根據經驗，台灣原創小說通常會面臨粉絲有限的情況，過去也常影響到影視公司買ＩＰ的意願。比起找編劇開發一個全新的故事，想請您也分享為什麼嚴選也願意積極進行改編小說ＩＰ這條路？而您們認為改編一個台灣小說ＩＰ的利與弊之處分別是什麼？通常會採取什麼做法強化賣點，來增加受眾對於改編影集的興趣？

顏　嚴選娛樂在選擇及尋找想製作的題目時，往往不侷限於小說、漫畫，甚至可能是一則新聞，而也希望能夠找尋能夠有潛力成為「國際合製」的故事，尤以未來是否這個ＩＰ具有高概念及延伸性，能夠做為舞台劇、漫畫、電玩及動畫

顏卉婕／嚴選娛樂負責人

等，持續嘗試及拓展該作品的可能性，不論是全新的故事或是已經受到讀者歡迎的小說也好，我們內部的同仁需要「喜歡」這個故事，讓這個喜歡成為一股動力及熱情，去度過作品改編開發的漫長時間，實際上要以一個全新的故事成為一個具高潛力或是高支持度的作品，需要許多的時間投入及資金支持，在優秀的出版社及作者，這些IP已接受過市場的驗證，成績也有目共睹，相對起來，我們可以直接與專業的夥伴及優秀的作者合作，改編成為一部成功的影視作品。同時，公司也有計畫正在開發屬於自己的原創作品，這部分也期待能夠受到觀眾的喜好和歡迎。

改編一個台灣小說IP的利與弊之處，我認為在製作一部電影或是電視劇之前，必須先了解市場及觀眾的想法，面對多變的市場及大多數成功經驗無法複製的狀況之下，我們能夠做的就是謹慎分析大數據、銷量、讀者的回饋及IP能夠帶來多少的預期效應，與出版社及作者的三方合作當中，相對一個原創故事無法正確預估市場反應，只能承擔更多的風險，再去事後檢討當初的決策，改編台灣小說IP至少擁有一定的基礎和市場分析，更能幫助創作者在改編劇本或是決定故事走向有所依據，就像是我們為了改編而去做問卷調查、田野調查及其他，希望能夠藉此更接近市場，也希望未來改編完成的電影或是電視劇，能夠成功銷售出去，除了忠實的讀者之外，能夠吸引更多潛在的觀眾觀賞最後的成品。如果我們覺得好的故事，大部分的人都不喜歡，最後沒人看這個電視劇，甚至被罵到不行，相信對花費兩到三年不斷打磨劇本的團隊，會是一個影響。

另外，我們團隊也會擔心「魔改」的問題，在一方面不失去原著想要傳達的訊息，另一方面在轉譯到影像語言及戲劇效果上，或多或少會增減其情節，但「改編」的弊，應該在取得「原著」及「改編」如何取得平衡，角色設計是否可以改變，故事是否改編的「更加有趣及精采」，這些都是一種原創故事比較不會碰到的挑戰。

要增加受眾對改編影集的興趣，可以採取以下做法來強化其賣點：

■ 保持原著忠實性：確保改編影集忠於原著，這樣原作的粉絲和喜歡原著的觀眾更容易接受影集。忠實還原原著的故事情節、角色性格和核心主題，有助於吸引潛在觀眾的關注。

■ 強調演員陣容：公布並強調影集的演員陣容，特別是知名演員或與原著人物形象相匹配的演員，可以吸引觀眾的興趣。演員的知名度和粉絲群體可以為影集帶來更多曝光和關注。

■ 提供視覺上的吸引力：投資於高品質的製作價值，包括精美的場景設計、服裝造型、特效和攝影技術。提供視覺上的吸引力可以吸引觀眾的眼球，並增強對改編影集的期待。

■ 製造預熱和宣傳活動：在影集發布前進行預熱和宣傳活動，例如發布預告片、海報、劇照等。這樣可以引起觀眾的好奇心和興趣，為影集建立一定的期待度。

■ 利用社交媒體和網路宣傳：積極利用社交媒體平台和線上論壇與觀眾互動，發布相關內容、花絮、幕後故事等，增加觀眾對影集的參與感和興趣。與觀眾進行互動可以加強他們的忠誠度和口碑宣傳效果。

■ 利用原著粉絲基礎：借助原著小說、漫畫、遊戲等的粉絲基礎，通過與原著作者或社群合作，擴大宣傳和推廣影集的影響力。原著粉絲通常對改編作品保持較高的關注度，他們的支持和口碑可以幫助影集吸引更多觀眾。

■ 提供獨特的創意和故事解讀：在改編過程中，注入獨特的創意和故事解讀，讓觀眾感受到新鮮和與原著不同的體驗。這種創新可以吸引更廣泛的觀眾，並在影集市場中脫穎而出。

■ 建立口碑和評價：通過提前邀請專業影評人、媒體或觀眾進行試映，並即時收集觀眾反饋和口碑評價。良好的口碑和評價可以吸引更多觀眾關注，並增加他們對影集的興趣。

■ 強調獨特風格和故事元素：在改編影集中，可以尋找獨特的風格和大膽的故事元素，例如深度的角色探索、非線性的敘事結構、藝術性的攝影風格等。這樣的獨特元素可以吸引那些喜歡電影的觀眾，使他們對改編影集產生興趣。

■ 深度參與導演和編劇：重視導演和編劇的

創意和獨立聲音。在改編影集中，可以積極尋找有才華且具有獨特視覺風格和故事觸覺的導演和編劇，讓他們為影集註入獨特的藝術性和創新元素。這樣的深度參與可以提升影集的品質和吸引力。

■ 建立與觀眾的情感連結：以情感豐富、深度共鳴的方式觸動觀眾。在改編影集中，可以注重角色的情感表達和人性探索，透過深入的人物心理刻劃和情感故事線，建立觀眾與影集之間的情感連結。觀眾能夠與角色共鳴和投入，這將增加他們對影集的興趣和投入度。

■ 尋找非傳統的宣傳和發行方式：在宣傳和發行方面採取非傳統的方法。在改編影集的宣傳上，可以尋找創新的方式來吸引觀眾的注意，例如舉辦特殊場次的預告片放映、限量版周邊產品、藝術展覽或獨立影展的合作等。這樣的非傳統宣傳方式可以營造出獨特的氛圍和話題性，吸引潛在觀眾的關注。

■ 提供獨特的觀影體驗：具有令人驚艷和難以忘懷的視覺和聽覺體驗。在改編影集中，可以注重影像美學、音樂選用和聲音設計，營造出獨特的觀影體驗。這種獨特的感官體驗可以讓觀眾對影集留下深刻印象，增加他們的興趣和願意分享的動力。

這些做法都有助於強化改編影集的賣點，並吸引更多觀眾對其產生興趣。然而，最重要的是提供高品質的內容和出色的表演，這是吸引觀眾的關鍵因素。

喬 謝謝您詳盡且不藏私的分享，相信在嚴選娛樂滿載熱情與專業的規劃下，這部有「台灣之光」美名的《我在犯罪組織當編劇》眾所矚目的影集版，很快有機會與我們見面。

諸神黃昏之夢的使者——林崇漢

文／葉桑

從聯合報退休二十年後，龐雜的興趣和工作都平息了不少工作量的林崇漢不僅讓當代藝術史和副刊編輯生態，擴大了邊界，豐富了內涵。舉凡繪畫、思想、哲學、東方的易經、陰陽五行、美學、電腦、宇宙奧祕、佛學、建築、室內裝璜，興趣企圖大而龐雜都分散了他的心力和成就。所以有團體要求的工作，大多就是每個當下的要務和旨趣。比如他的犯罪推理小說也是林佛兒力邀下的作品，他的《收藏家的情人》之如同他的畫作奇詭壯闊、撼人心弦，帶領大家飛行到夢和想像力的新生地，大多是這種情況下的產品。另外因緣際會早在四十年前就寫出現在才流行的穿越科幻小說「從黑暗中來」的科幻小說，其中主談長生不老之荒謬無義。

林崇漢是高雄人，父親林景星先生是有名的議員企業家，秉承日治結束時期旗山郡郡守林添丁的衣缽發展出多種事業，舉凡汽車、醬油、貨運、汽水、廟宇、慈善事業、教育捐贈，年輕時雖有繪畫細胞，惜事業繁多。主要的藝術細胞乃來自林崇漢祖母，血脈傳下家族中共十三位與繪畫結緣的子孫，林崇漢常說是幸或不幸，就屬他最突出為社會所知。林崇漢的藝術細胞顯然是來自父親祖母的遺傳基因。雖然，從小就喜歡塗塗畫畫，不過在當時以升學至上的年代面對一關又一關的聯考，循規蹈矩的林崇漢自然是以讀書為主，畫畫則為，課餘嗜好。然而創作的熱情宛如奔放的河流，擋也擋不住，縱使巨石當前，反而激盪出更壯麗的水花。他的繪畫才華被旅日畫家楊造化（與廖繼春同輩）、沈鎧老師以及諸多同學發現肯定，於是他的創作的動力更加熾熱，簡直可以用「烈火朝天」來形容。他擔任中學六個年級十一個學期的學藝股長，包辦了校內、校外壁報等各類美術活動和競賽全部是冠軍，只有一次參加全國（那時全省就是全國）的漫畫比賽得了全國第二名，從鄉下旗山遠赴台北中興山莊拿著全國性獎狀回來，簡直衣錦還鄉。所以，整個高三幾乎沒有摸過書本，不過還是考取了逢甲的會統系。讀了兩個月，終究還是志趣不合而重考，如願進入師大藝術系，如飄雲端。或許因為繪畫的才華和貴人的加持鼓勵，相對之下，文學的光芒相形失色。

林崇漢進入美術系，原本的天賦和努力，經過名師指導和師大藝術系的學習環境刺激。加上專業美術理論的薰陶，宛如從如魚得水到如虎添翼。畢業之後，因為人際關係欠佳，分發回到母校旗山國中當美術老師，當時正好國中第一屆。這一年是實習，實習完接著當兵。就在預官一年的時間和後來教書期間，自學日文，並翻譯有關音樂的書籍，從此與文學的緣分開始建立。同時因為畫作被中國時報主編高信疆先生欣賞，受聘進入中國時報美術組。因此，林崇漢雖然只大我五歲，但是感覺好像是從小就看他的插畫長大似的。林崇漢的名字就這樣刻入我的腦海裡，當時想也沒想到自己會和他以文為友。

話說我與林崇漢結緣，則必須細說從頭。年輕時候，我寫了幾年愛情小說，起先受了松本清張、森村誠一和連城三紀彥等日本推理小說家的影響，於是開始大量閱讀推理小說，包括林崇漢的《收藏家的情人》和《從黑暗中來》。《收藏家的情人》是收錄五篇發表在推理雜誌的短篇小說，長篇科幻小說《從黑暗中來》曾經在自立晚報連載。連載期間，主編向陽先生屢屢抱怨字數過多，因此不得不縮短篇幅。我沒有看過連載原文，所以是否經過修稿再出書，不得而知。

我剛嘗試寫推理小說，當時逐漸式微的偵探雜誌和已經展露頭角的推理雜誌都是我的初舞台。不過在開始固定每月投稿發表時，林崇漢以「林宜學」為筆名改寫命理和寓言故事，從此就沒空寫推理小說了。誠如前言，因為推理雜誌創辦人林佛兒強力邀約才執筆寫推理小說，他還告訴我，他沒有看過一本推理小說。不過，早期在推理雜誌發表作品的名作家幾乎都是這種模式，例如司馬中原、苦苓等人。

忘了是因為要出版《夢幻二重奏》還是《台北怨男》，我北上到位於龍江街的（林白出版社）找主編呂秋慧小姐。那天碰巧林崇漢也在出版社，可能有要事在身，匆匆離去，連點頭寒暄都沒有。不過我們倒是有點後續的緣分，推理雜誌舉辦第三屆林佛兒推理小說徵文比賽時，三位評審除了除了出版家、評論作家周浩正、工人作家林青矗，就是林崇漢。依照評審紀錄，林崇漢似乎是「最」欣賞我文章的評審，因為說了很多「好話」。不過，我倒沒有聽到他親口說出來。新進作家能夠得到前輩作家的肯定，必然對我續寫推理小說的影響增添不少正面能量，因此對林崇漢始終感恩。

自從在推理雜誌社驚鴻一瞥之後，我們有緣相見相談已是二十年後的事了。當時我已經不再寫推理小說，偶而應熟識的雜誌主編寫寫雜文和極短篇，或在自己的部落格寫愛情小說。某天，我到桃園縣政府辦事，發現一張海報。大大的「林崇漢」三個字，還有照片映入眼簾。原來當天下午林崇漢要到桃園文化中心演講。於是，我先到附近的西餐廳用餐，然後到文化中心的圖書館看書等待。等了很久，終於等到演講時間，進入會場，又等了很久，因為林崇漢弄錯地點。演講完畢，我上前打招呼。林崇漢對於我的出現，既歡喜又驚訝。相較於多年前，我們多了十幾分鐘的相見相談，彼此也留下印象。

然後匆匆又過了二十年，本土犯罪文學研究者洪敘銘先生和犯罪文學評論、主編喬齊安先生建議我何不把筆下的名探葉威廉，具有紀念性的事件簿，重新出版。我欣然接受，其中林佛兒推理創作獎第三屆首獎作品〈遺忘的殺機〉，自然是首選。往事不如煙，決定請當年的評審林崇漢幫我寫序。可是人海茫茫，君在何方？天下無難事，只怕有心人。何況身為犯罪推理作家的我，找人並不困難。雖說如此，還是透過多方打聽，終於從作家六月知道林崇漢的電話。

電話一通，自動報上名號，林崇漢對於我敬請他幫我的新書《天堂門外的女人》中第四部，也就是〈遺忘的殺機〉的原稿寫推薦序，二話不說地一口答應。我在小說中，由於時空背景，使用大量的母語對白。他指出我缺乏河洛話正確字根的認知，譬如出現很多「恁」字，應該是「尔」的別字。雖然我有所依據，「恁」字來自基督教長老教會的台語聖詩。不過相對之下，林崇漢的說法似乎比較有理，於是我從善如流。後來，他在我的慫恿之下，開始玩LINE和臉書，並且把他的畫作一幅一幅地貼上臉書，粉絲激增……不過，後來不知道為何，興趣頓減，臉書就慢慢荒蕪了。

林崇漢目前居住淡水，他的兒子是動漫畫家，算是薪火傳承、後繼有人。我曾經約他相見。因為我們這輩子，我只見過他兩次面，他只見過我一次面。不過，他以身體不適為由拒絕。看來人世，不許人間見白頭，不只是美人和名將，還有協槓推理作家的畫家了！

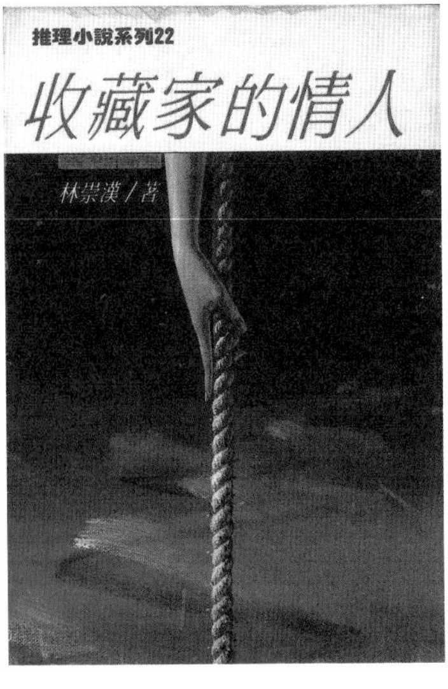

小樽文學館『小栗虫太郎一百二十一年誕辰』&『中井英夫・中城ふみ子百年誕辰』特展記行

文／八千子

二〇二二年十二月末，我隨作家既晴搭乘JR從札幌前往小樽。此時疫情已逐步解封，尤其在小樽這樣熱門的觀光景點，處處可見觀光客的面孔與熟悉的語言。人氣蒸騰，彷彿稍稍緩解了迎面的刺骨寒風，直到抵達堺町的盡頭，才重新回到被白雪覆蓋的靜寂中，也是在這片朦朧的白茫中，我們看見了那棟宛若舊校舍般的建築，那正是我們此行的目的地——小樽文學館。

適逢作家中井英夫誕辰百年，小樽文學館為他和同樣迎來百歲冥誕的和歌作家中城ふみ子舉辦聯合特展。讓百年後的我們有機會一窺兩位老師過去刊行於紙本書的作品以及未曾公開的原稿和隨筆。

展場的一端，是以中井英夫與中城ふみ子為主題。中井英夫以塔晶夫為筆名發表『獻給虛無的供物』，在竹本健治『匣中的失樂』問世前，即與小栗虫太郎『黑死館殺人事件』、夢野久作『腦髓地獄』並稱為三大奇書。

對海外讀者而言，出道前的中井英夫還有一個較為鮮為人知的身分則是出版社編輯，其對短歌的造詣也讓他培育出許多優秀的作家與評論家。本次與中井英夫一同展出的中城ふみ子，即是在中井英夫擔任『短歌研究』編輯長時極力提拔的和歌作家。

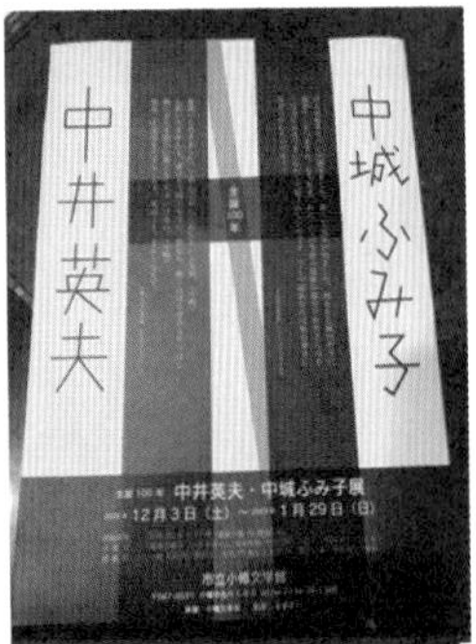

中城ふみ子

大正11年（1922）出生，舊姓為野江富美子。戰後活躍的女性歌人代表作家，與寺山修司同樣被視為現代短歌的起點人物。

她的短歌作品於1953年12月的《短歌研究》募集中脫穎而出，旋即引起各界的關注。後來在時任《短歌研究》編輯中井英夫的鼓勵，當時因乳癌所苦的中城於1954年7月發表自身第一本和歌集『乳房喪失』。

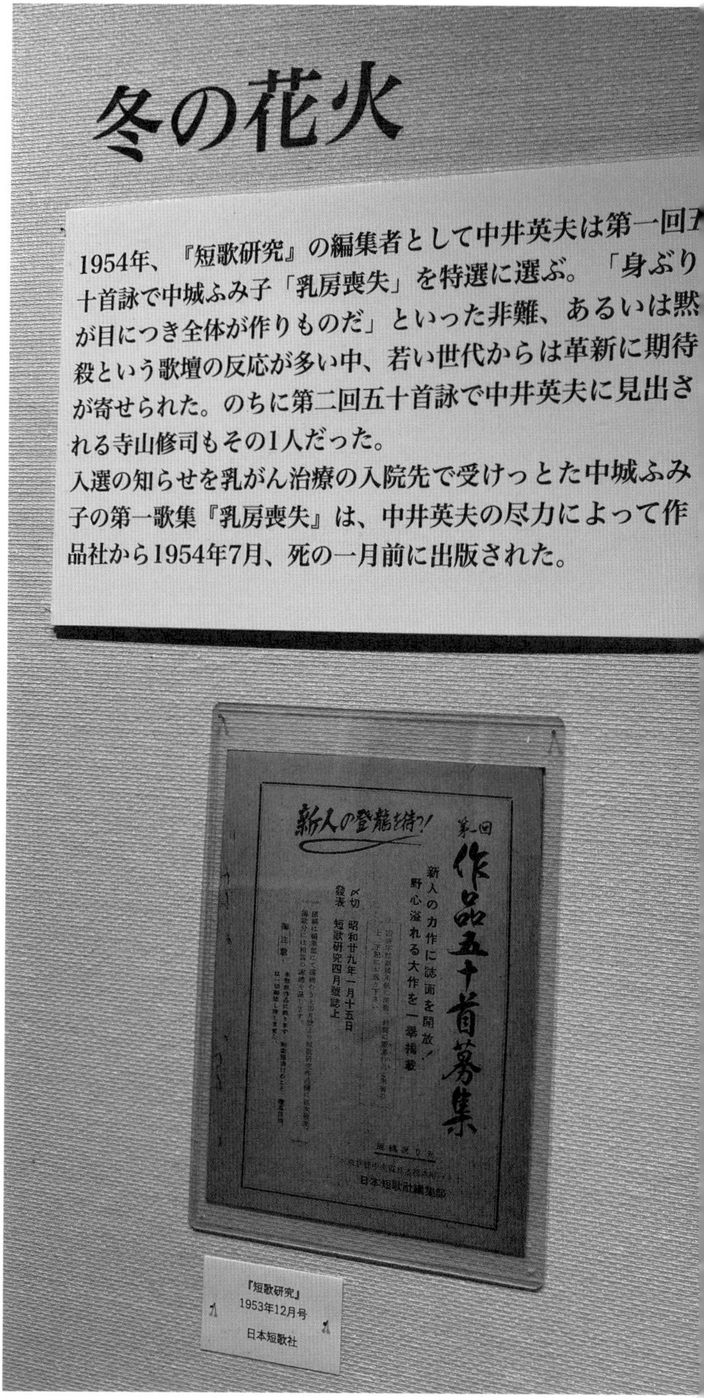
冬の花火
1954年、『短歌研究』の編集者として中井英夫は第一回五
十首詠で中城ふみ子「乳房喪失」を特選に選ぶ。「身ぶり
が目につき全体が作りものだ」といった非難、あるいは黙
殺という歌壇の反応が多い中、若い世代からは革新に期待
が寄せられた。のちに第二回五十首詠で中井英夫に見出さ
れる寺山修司もその1人だった。
入選の知らせを乳がん治療の入院先で受けっとた中城ふみ
子の第一歌集『乳房喪失』は、中井英夫の尽力によって作
品社から1954年7月、死の一月前に出版された。
新人の登龍を待つ!
第一回
作品五十首募集
新人の力作に誌面を開放!
野心溢れる大作を一挙掲載
〆切 昭和廿九年一月十五日
發表 短歌研究四月號誌上
日本短歌社編集部
『短歌研究』
1953年12月号
日本短歌社

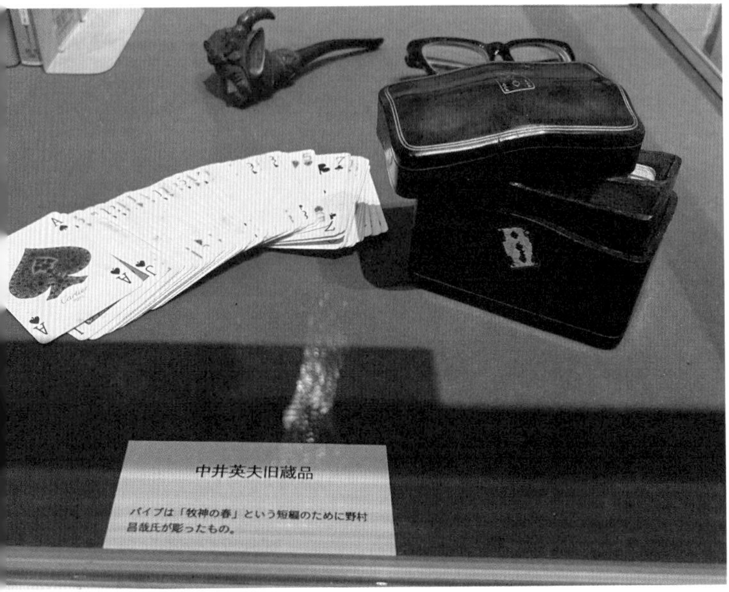

而回顧中井英夫自一九六四年發表『獻給虛無的供物』（當時投稿亂步賞時這部作品甚至還僅是半成品）至一九九三逝世，近三十年的寫作生涯所累積的作品量也相當可觀。

中井英夫

大正 11 年（1922）出生，出道時筆名為塔晶夫，其中亦有別名碧川潭みどりかわふかし、緑川弓雄、黒鳥館主人、流薔園園丁、月蝕領主、ハネギウス一世。

於 1962 年投稿，並在 1964 年以『獻給虛無的供物』正式出道後即致力於寫作，以華麗的文風和虛實交錯的私小說為特色，並透過頹廢感與虛無主義創造了獨特的世界觀。

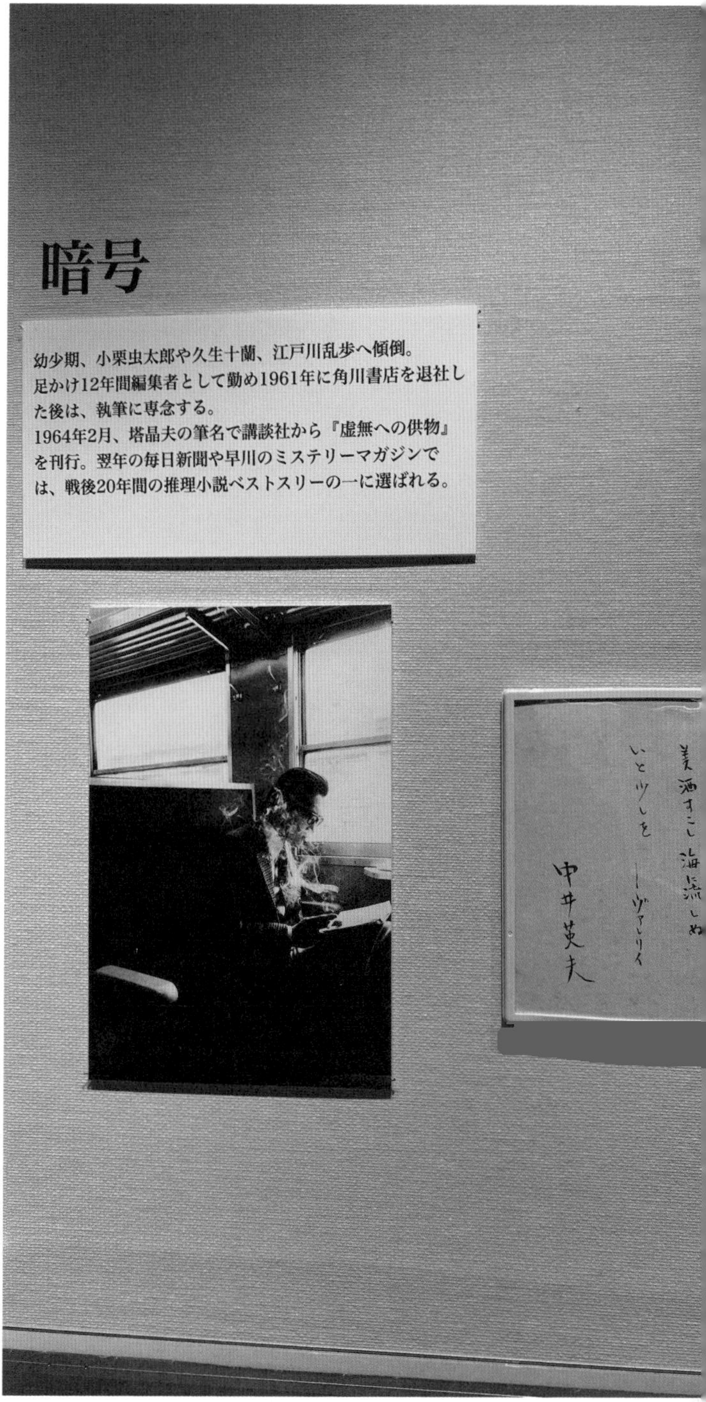
暗号
幼少期、小栗虫太郎や久生十蘭、江戸川乱歩へ傾倒。
足かけ12年間編集者として勤め1961年に角川書店を退社した後は、執筆に専念する。
1964年2月、塔晶夫の筆名で講談社から『虚無への供物』を刊行。翌年の毎日新聞や早川のミステリーマガジンでは、戦後20年間の推理小説ベストスリーの一に選ばれる。
美酒すこし 海へ流しぬ
いと少しを
—ヴァレリイ
中井英夫

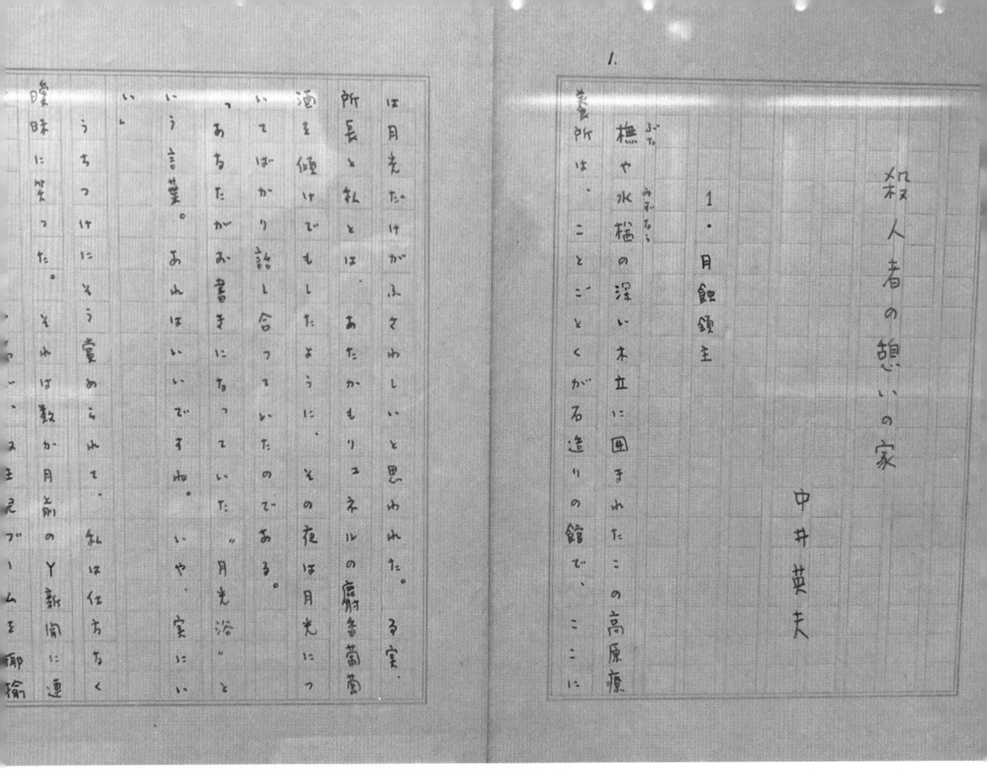

1.

殺人者の憩いの家

中井英夫

1・月蝕領主

撫（ぶな）や水楢（みずなら）の深い木立に囲まれたこの高原療養所は、ことごとくが石造りの館で、ここには月光だけがふさわしいと思われた。る宴、所長と私とは、あたかもリュネルの麝香葡萄酒を傾けでもしたように、その夜は月光についてばかり話し合っていたのである。

「あなたがお書きになっていた"月光浴"という言葉。あれはいいですね。いや、実にいい」

うちつけにそう賞められて、私は仕方なく曖昧に笑った。それは数か月前のY新聞に連

1958年12月、大阪にて
左から杉山正樹、塚本邦雄、中井英夫、
春日井建、前登志夫、寺山修司。

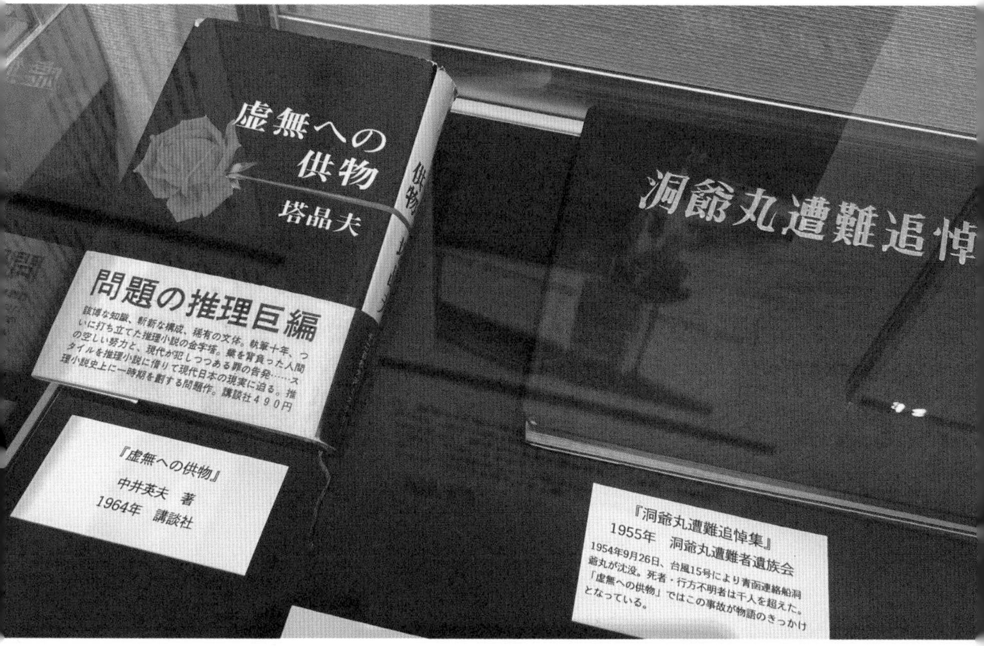
虚無への供物
塔晶夫
供物
問題の推理巨編
該博な知識、斬新な構成、稀有の文体。執筆十年、ついに打ち立てた推理小説の金字塔。業を背負った人間の空しい努力と、現代が犯しつつある罪の告発……スタイルを推理小説に借りて現代日本の現実に迫る。推理小説史上に一時期を劃する問題作。講談社４９０円
『虚無への供物』
中井英夫　著
1964年　講談社
洞爺丸遭難追悼
『洞爺丸遭難追悼集』
1955年　洞爺丸遭難者遺族会
1954年9月26日、台風15号により青函連絡船洞爺丸が沈没。死者・行方不明者は千人を超えた。「虚無への供物」ではこの事故が物語のきっかけとなっている。

會場內同時舉行的還有小栗虫太郎誕辰一百二十一年特展。與前段所述的展覽不同，小樽文學館於二〇二一年也以小栗虫太郎為主題辦理過同樣性質的展覽，但有賴於虫太郎的親族與大學研究者等各界的努力，越來越多刊有虫太郎作品的讀物與筆記被發掘，完善了後世對虫太郎作品的認識與研究。

展場內除了詳細記錄小栗虫太郎的生平事蹟，也收藏了刊載其歷來創作的讀本與雜誌。從早期的『紅殼駱駝の祕密』『魔童子』，至後來於『新青年』初試啼聲的『完全犯罪』，及其筆下偵探法水麟太郎大活躍的『聖アレキセイ寺院の惨劇』與『黑死館殺人事件』。

其中海外讀者最熟悉的『黑死館殺人事件』更是收錄了繁體字與簡體字的譯本，也許在一些讀者的家中都還保有相同的藏書吧！

小栗虫太郎

明治34年（1901）出生，本名榮次郎。於昭和8年（1933）發表『完全犯罪』，以偵探小說家的身分出道。翌年，『黑死館殺人事件』開始於新青年刊載，並獲得江戶川亂步盛讚，後世更將其冠以「三大奇書」的美名。作品風格如其所敬仰的兩位作家亂步與夢野久作般多變，除推理小說外亦有探險小說『人外魔境』及戰時新聞小說『亜細亜の旗』等著作傳世。

小栗虫太郎
木々高太郎集
昭和国民文学全集 14
『小栗虫太郎・木々高太郎集』
昭和 49 年 7 月 25 日
筑摩書房
1995 年 6 月 20 日
国書刊行会
新青年 傑作選 三
わが青春の薫風
新青年 傑作選 一
推理小説
モダン都市と「新青年」
海野弘

紅殻駱駝の秘密
小栗虫太郎
成層圏魔城
人外魔境
小栗虫太郎
二十世紀鉄仮面
『紅殻駱駝の秘密』
『成層圏魔城』
『人外魔境』
昭和 41 年 12 月 10 日
桃源社
『二十世紀鉄仮面 他』
昭和 44 年 5 月 10 日
桃源社
完全犯罪
小栗虫太郎
屍体七十五歩にて死す
小栗虫太郎
航続海底二万哩
小栗虫太郎
悪霊
小栗虫太郎
金字塔四角に飛ぶ
小栗虫太郎
鬼才・小栗虫太郎の傑作

雑誌
新青年
七月號
新青年
十一月號
新青年
4
新青年
新青年
『新青年』第 14 巻第 8 号
（小栗虫太郎「完全犯罪」所載）
昭和 8 年 7 月 1 日
『新青年』第 14 巻第 13 号
（小栗虫太郎「聖アレキセイ寺院の惨劇」所載）
昭和 8 年 11 月 1 日
博文
『新青年』第 15 巻第 5 号
昭和 9 年 4 月 1 日
『新青年』第 15 巻第 8 号
昭和 9 年 7 月 1 日

館殺人事件
THE RIGHT MARBLE
『探偵小説四〇年』より
江戸川乱歩
『黒死館殺人事件』解説

降矢木家の壊崩

四大奇書とは
追悼・島崎博氏

幻魔怪奇探偵小説
ドグラ・マグラ
夢野久作著
中井英夫旧蔵
虚無への供物
塔晶夫
長編本格探偵小説
匣の中の失楽
竹本健治
23歳の新鋭が現実と非現実の錯綜する"さかさまの密室"をめぐる反世界を構築した1200枚の大作。探偵文壇話題の問題作。

『久生十蘭全集』
案内パンフレット
1969年　三一書房
探偵小説の「謎」
江戸川乱歩著
ドグラ・マグラ
夢野久作
276
POCKET HAYAKAWA BOOKS
A HAYAKAWA
POCKET MYSTERY BOOK

也許隨著越來越多的文獻蒐集與再彙整，跨越一個世紀的我們會對這些為日本 mystery 畫下重要里程碑的作家及其作品有更清楚的認識。也期待將來有一天海外的讀者也能有機會觀覽大師們留給後人的不朽名作。

最後也十分感謝小樽文學願意讓我們以台灣犯罪作家聯會的名義取材攝影。

清水圖書館訪談

文／清水圖書館

貴館是怎樣開始發展推理小說特色的？

台中市立圖書館清水分館因位於台中市清水區，清水區最具代表的便是「高美濕地」，因此清水分館即以「濕地生態」為館藏特色。但因受限於該主題圖書數量有限、推廣較難，於二〇一六年將館藏特色定為「推理文學」至今。在改館藏特色為「推理文學」初期因無相關經費設立專區，擔任清水分館的志工周念仇小姐亦為國際 300C2 區長青獅子會助理祕書居中牽線，由會長王玉餘代表全體獅姐捐贈十萬元給清水分館成立館藏特色的推理文學專區。在這基礎上，清水分館才有後來的推理特色蓬勃發展，這都要感謝志工周念仇小姐及長青獅子會王玉餘會長及獅姐們。

當時周念仇小姐輪值期刊室，在值勤過程中，也培養出看雜誌的興趣，後來她以其創辦的社團法人台中縣社區福利共創協會等三個社團的名義，長期贊助清水分館三份雜誌。如今雖然她已不在，但是其親人仍以她的名義繼續認養贊助清水分館期刊雜誌，讓這份愛永流傳。

貴館目前有哪些種類的藏書？

清水分館總館藏已達十四萬四千多冊，包括圖書十三萬四千多冊、視聽資料九千多件、期刊報紙一百多種，涵蓋不同年齡層的圖書資料。館藏特色「推理文學」就有近四千七百多冊；推理桌遊一百多套，堪稱全國推理藏書最多、最齊全的圖書館。

貴館有哪些推理閱讀推廣活動？

清水分館從二〇一六年「初探推理世界」系列活動開始，獲得不少讀者的迴響參與，後續清圖這樣「推」系列活動，包括兒童推理活動「灰色腦細胞 Show Time」，由講師帶領國中小推理迷一起體驗推理桌遊的樂趣；每兩個月聚會一次的「迷謎知因推理讀書會」，由導讀講師分享一本推理著作，讀書會成員互相分享閱讀心得。「推理文學講堂」，邀請推理作家分享創作歷程等；「瘋推理電影院」，每季播映一次推理電影，也獲不少迷推理的家庭成員一起共同觀賞。「推理主題書展」，以不同的「推理」主題，展出相關的推理書籍。「探的足跡」偵探集章，凡參加推理系列活動一次即可蓋一枚推理章，集點兌換禮物，集的越多換的越多。

除了這些固定的推理活動，每年都會與暨南大學推理研究社合辦推理相關活動，例如，「小小偵探推理工作坊」，暨南大學推理研究社的哥哥姐姐們，帶來福爾摩斯的「花斑帶探案」，小朋友們化身小偵探，從文字及圖像的線索中，天馬行空的想像與觀察，抽絲剝繭，進入偵探的世界。

同時也結合在地特色、社區資源，共同合辦特色推理活動，包括與台中市牛罵頭文化協進會合辦「推理清水講座」等，利用 APP 軟體，讓小偵探們體驗密室逃脫的驚險過程，今年八月份更舉辦最近很夯的 ChatGPT、AI

繪圖研習活動。

請談談「寄情推理，閱讀既晴」主題書展。

清水分館配合台中市立圖書館發展每個館的館藏特色，自二〇一七年開始定期辦理「推理文學」主題書展，每兩個月為一期展出一位或數位推理作家的著作，至今已邁入第七年。

配合今年開辦的推理年度作家活動，安排作家既晴為首檔，其中「寄情推理，閱讀既晴」主題書展，展期自五月二日至八月三十一日，展覽地點為清水分館二樓推理文學專區，展出既晴老師的著作及譯作。

清水分館在規劃推理年度作家活動時，安排既晴老師為首檔，一方面既晴老師是台灣犯罪文學創作的指標，讓人更好奇想知道的是既晴老師這二十年來在這一塊的深耕歷程。這次年度推理作家活動除了既晴老師的書展外，在五月份已於推理讀書會中介紹了既晴老師《城境之雨》這本大作。後續八月十二日《艋舺謀殺事件》新書分享會，更邀請到既晴老師作分享，這是台灣文學史上第一部犯罪小說，原著作者さんぽん（三本）於一八九八年以日文連載於《台灣新報》，二〇二三年才由既晴老師譯成中文。透過這次的分享會讓既晴老師與粉絲們共聚一堂，同時也是一場聚集了各界推理迷同好的盛會。

貴館有什麼樣的未來展望呢？

在前人努力耕耘下，包括成立臉書及臉書社團（清圖推理控）、LINE 群組－迷謎知因推理讀書會，以及後來成立的清圖桌遊推廣小組群組、清水新住民群組，都有利於圖書館與全國推理迷、喜愛桌遊的民眾、新住民朋友們聯繫情感與互通訊息。

更感謝中市圖總館給了清水分館參與這次教育部「建構合作共享的公共圖書館系統中長程個案計畫」之「健全直轄市立圖書館營運體制」計畫的機會，讓清水分館在強化推理意象及推理文學特色圖書館的功能增進不少。

未來，清水分館更將實境解密、密室逃脫、ＡＩ等帶入各種推理活動、圖書館導覽與利用教育中，包括元宇宙科技及ChatGPT融入推廣活動及閱讀中，虛實整合，讓讀者享受互動的樂趣、體驗推理另一境界的感受。

2
Taichung Public Library
樓層導覽 Floor Guide
4F
自習室 研習室
Study Room/Training Room
3F
開架閱覽區 視聽室
Reading Area/Audio-visual Room
2F
推理文學 青少年區 漫畫區 討論室 視聽資料區 文學區 臺中學 語言學習區 外文圖書區 辦公室
1F
服務台 報紙期刊區 樂齡區 兒童閱覽區 嬰幼兒區 多元文化區

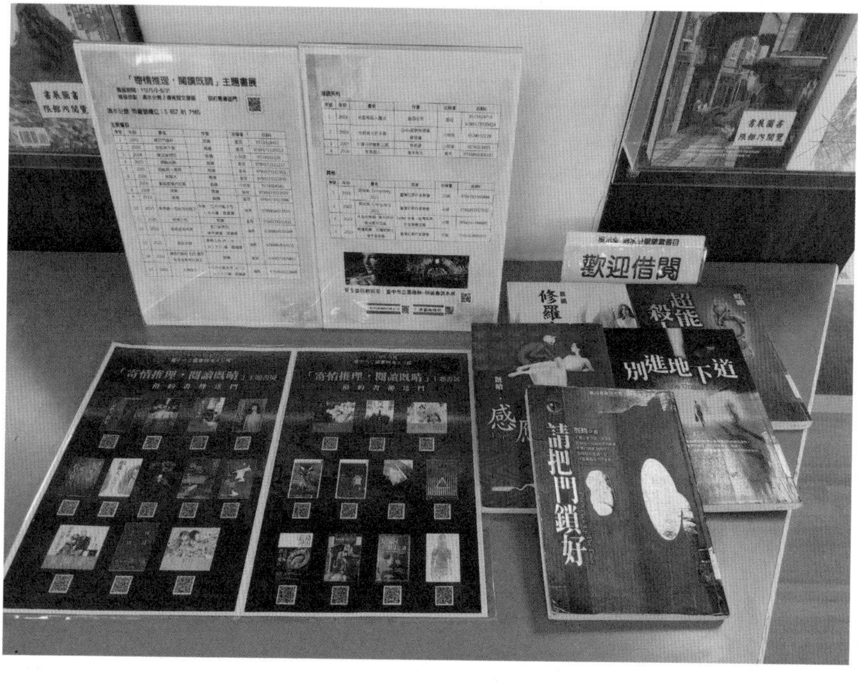
「奇情推理．閱讀既晴」主題書展
歡迎借閱
請把門鎖好
別進地下道
修羅
書展圖書 限館內閱覽

《成為怪物以前》地景

文／白羅

許浩洋請了事務所的特休，前一天就代楊寧回了苗栗老家，替楊翰念經，替她承受母親的乖戾崩潰，父親的嚴肅沉默，老一輩的碎念和無止境的悲傷。而她瞞著許浩洋默默搭上火車。隨著一節節車廂滑過鐵軌，隆隆聲響，有些顛，些許不穩，吱嘎地搖擺抵達新埔。火車順著海浪勾勒的弧度轉彎，放慢速度，楊寧想像自己拉下窗戶，讓風吹過臉頰。

位於苗栗海線的新埔火車站，是一個不起眼的小站，但是在蕭瑋萱老師的犯罪小說《成為怪物以前》裡面，這個場景卻擁有一個不可忽視的重要性。我本身出生在苗栗、居住在苗栗，但從高中時期開始就在外地發展，對於苗栗這片土地反而是很陌生的。新埔這個地名第一次出現在書中的時候，我甚至聯想到的是新竹縣的新埔鎮，直到書裡面提起這個地方有火車站，我才想起這個場景是位於白沙屯的下一站，一個很少人注意到的小站。

為了填補對於這個場景的不熟悉，我在尚未閱讀完這部作品的時候，就趁著假日的空檔實地走訪，來加深對這個重要場景以及周邊環境的認識。實際到了現場，才察覺我對這裡並非完全陌生。火車站旁邊是秋茂園，於小學時期的校外教學曾經來過，但目前因為疫情關係暫時不開放進入，於是也無從得知它的現況。而雖然鐵路在這一段緊貼著省道台一線，但火車站的位置並非坐落在省道旁，因此增添了新埔火車站的隱蔽性與神祕感，讓從省

道經過的人們察覺不出火車站的存在。新埔火車站站體在日本時期開始啟用，已有一百年的歷史，是個充滿古典風味的木造車站。從火車站走出來即可看見海邊的路標（奇特的是路標的英文直接音譯為Haibian），沿著指標走向海邊的堤防，接著映入眼簾的是遼闊的海灘以及少許前來遊玩的民眾，當下彷彿踏入了一個專屬於某些人的祕境，遠眺出去還能夠在海平面的盡頭依稀看到遠洋船隻。在現場感受了這個神祕又鮮為人知的場景，讓我覺得這裡確實很適合成為犯罪小說的一部分。

楊翰與楊寧都是海的孩子，活在鄉下小鎮，騎腳踏車十五分鐘便有沙與海。

緩下速度，拋開父母的爭吵，脫離那些歇斯底里，他們從未下水，卻擁有海的一切。可平靜安穩從未在任何人身上成真，音樂餐廳、塔可餐車跟啤酒洋傘的速度遠比想的更快，原本的庇護所在短短時間內成為眾人喧鬧嬉笑之地。當一個下午，奔跑中的男人拿著衝浪板撞上楊翰，她看見弟弟臉上的無助和羞怯，立刻明白她該為了他，起身尋找下一個奶與蜜之地。

於是十三歲那個夏天，她毅然決然牽起他，搭上火車，到這月台這海找尋片刻寧靜。

書中的女主角楊寧小時候住在頭份，時常帶著弟弟到通霄的海邊散心，但鄰近的竹南就有一個崎頂海水浴場，即使是未成年的姐弟二人亦有充足的條件與能力能夠坐火車抵達。女主角甚至於作者對於這個部分的捨近求遠，選擇直線距離差距三倍以上的場景作為故事上的一個節點，讓身為在地人的我產生了疑惑，也讓我擁有一探究竟的動機。我對於崎頂海水浴場還算熟悉，在求學階段曾經與家人朋友去烤肉

和戲水，偶爾也會開車騎車經過，大致上對於周邊的環境還算了解。而當我踏上書中所描寫的新埔火車站和海邊堤防時，心中的謎團馬上有了答案。崎頂車站距離海邊很近，可直接步行至海水浴場，但途中要穿越西濱快速道路，對於姐弟二人來說還是有著一定的風險；由於海水浴場周邊有種植防風林，導致從火車月台往海岸線遠眺的視野被侷限住，無法達成書中所描述出的效果。除了小說原文描述中對於姐弟二人尋找靜謐的海邊的需求之外，或許作者蕭瑋萱老師同時也考量到交通安全以及周遭景色的協調感，而選擇了一個適宜出現在故事中的真實場景，並呈現出犯罪事件的名場面。

　在我進行地景考察的路途中，恰巧在新埔火車站附近經過一個新興景點。白沙屯到通霄的西濱快速道路通車後，連接到省道的連絡道路上可順著道路方向看見夕陽與日落，形成一個獨特的景觀，這段路也因此而被稱為日落大道。若是看完這部作品後，對於新埔火車站以及不遠處的海灘感興趣而想要前往現場休憩觀光，不妨一併造訪日落大道，將會有難忘的視覺體驗。

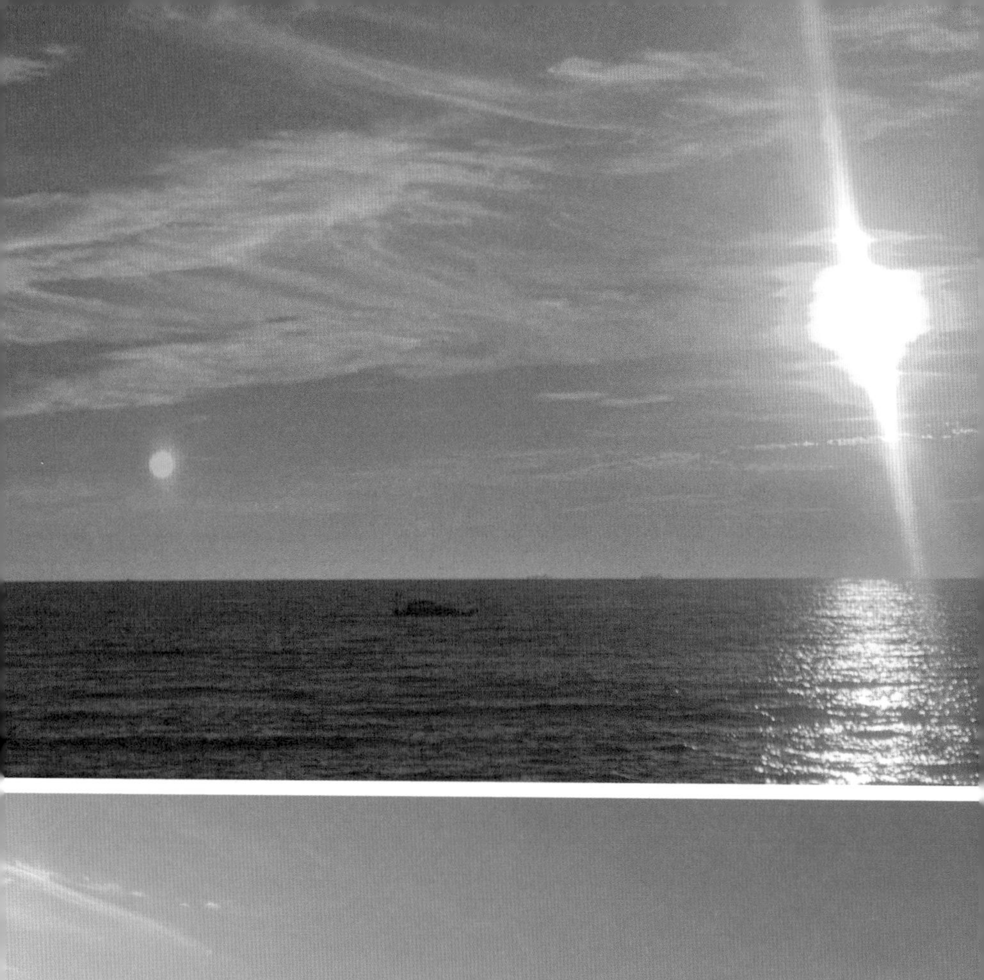

第二屆 台灣推理評論新星獎

評川千丈〈多喝水，有事〉

文／小不點

讀過幾篇台灣近代的推理小說，都有一個共同點——故事取材的走向逐漸地多元化，可以混雜地方民俗、結合宗教玄學、增添奇幻魔法，不再僅限於單純的邏輯推理。這類型的小說，作者往往都不會給出一個官方設定的結局，反而留下更多可能性，讓讀者自由延伸意境，與故事的情節相較之下那是更為重要。

本書前半部分以一連串的詭異案件來營造氣氛，例如怪異的死亡時間、悽慘的死狀，還有不斷出現的罐裝礦泉水；後半部分則是由主角易小川和法醫徐君房運用諸多科學方法來進行調查，進而引出過去的時間軸，達到前後貫串的效果，將幾個看似毫不相關的點連成一線。

作者川千丈選擇以「水」作為推理的主題。如何用水殺人？這個唾手可得的普通物質，不僅牽涉上幾樁命案，竟然還有著玄幻的力量……然而，當我們嘗試用科學理解這些現象，卻無法完整解釋；當我們改以用靈異的觀點詮釋時，這一切又令人感到不可置信。究竟是人為的設計與科學的必然，還是真有其他無形的力量在作祟？另一方面，本案能夠有相當的進展，有很大一部分原因是徐君房的博學多聞，以及對屍體解剖的專業，更令人相信其科學解釋。可是，在故事的最後，卻冒出了一些疑點，讓人不禁聯想是否有它種可能。

「當你排除了一切不可能的因素後，剩下來的即使再不可能，也必定是真實。」一旦我們排除科學的解釋推論，是否就代表我們必須接受是超自然的力量在作祟？誠如主角徐君房所言，「也許無法解釋，才是真正的解釋。」要能釐清所有的脈絡，或許不是我們現在的科學能夠解釋的。所謂「玄幻」，不過就是我們還無法用科學解釋罷了！既然如此，與其絞盡腦汁地杜撰，倒不如讓大家自由懸想。本書能在推理界上為人所稱道，正是因為有別於傳統推理小說講求真相、挖掘真實的風格，《多喝水，有事》不淪於俗套，綻放出獨有的絢麗光芒，譜出如此精彩絕倫卻又漫漶模糊的故事內容。

說到底，究竟案件的真相為何，不正是依憑著讀者們心中的信仰嗎？我們眼中的世界，都是由自己的思維和信念建構而成的；而在推理小說的世界，讀者所「相信」的遠勝過於作者的個人意志，即是所謂「作者已死」，主張一種對於文章的評鑑，是藉由讀者的閱讀而產生價值與意義。以上觀點也可詮釋筆者先前提到過，關於開放式結局、多重結局的寫作手法，與其由創作者給出一個「最完美」的結局，不如依循芸芸讀者們的心之所向，更能獲得沉浸在其中的體驗。

而這本書另一個有趣的部分是關於「許願」的探討。心想事成是每個人的渴求，但是背後該付出什麼代價？而橫死是否就是貪得無饜的下場？這些死者生前雖然遇到困境，卻想著用這種毫不費力的方式化解問題，例如家人高度的要求、被賭債纏身、用盡方法卻始終不孕，甚至是被親長強暴。對應到現實生活中，這何嘗不是生活中的陷阱？輕鬆致富的工作，或是檢察官的索財來電，一不小心便會落入陷阱，天真地「以為有桃花源迎迓」，卻是付出沉重的代價，甚至是以生命作為交換條件，如同惡魔的契約。

可是，對於一些已經走投無路的人來說，日常生活早已生不如死，苟且偷生和寂寞死去又有何區別？作者川千丈的寫作內容觸及到諸多社會議題，不僅寫出這些人所面臨的困境與挑戰，更道出社會深處的無可奈何。是以，許多的犯罪行為從此萌生，一個再單純不過的心願，最終都促使他們走上不歸路。

同樣是進行社會寫實的探討，筆者想到的是國片《最佳利益》，裡頭也有許多的社會議題，是我們能從電視上看到、卻又不完全了解的。舉凡像網路正義、家庭暴力、安樂死、更生人求職等，影集雖然是站在律師的角度描述一場又一場的訴訟攻防戰，但勝訴與否對於這些弱勢族群而言並沒有造成太多實質的效益。所謂的「最佳利益」，身為律師的主角只能幫他們在法庭上爭取、伸張正義；當訴訟結束，終將回歸日常生活，卻發現一些挑戰和痛苦未曾減少。筆者也不禁感嘆，司法能維護正義，卻又常常令人感到無助。

這樣日復一日的折磨早已使得這些人厭倦生活，也因此他們才會選擇放手一搏，留下願望給他們珍惜的人，成為最後的心靈寄託。像是陳金茂的母親、秦大嫂，這些人選擇犧牲自己，成就更好的下一代。這一個段落令筆者印象十分深刻，不僅讓我感嘆為人母親的偉大和無私，更有一股溫暖的母愛無視驚悚小說的束縛，恣意地擴散在字裡行間，不禁讓人心頭一酸。類似的著作讓我聯想到寵物先生的《虛擬街頭漂流記》，其中對於父愛的刻畫與本書也有異曲同工之妙。

或許有人會質疑，捉摸不定的故事結局，好像為這些添加想像、世界觀「半架空」的故事製造出反效果，使得故事邏輯不明，難以自圓其說，也不具有充分的合理性與連貫性。

這也是我在閱讀本書前，在看到其他具有宗教、魔幻色彩的影劇、書籍時，常常在心中冒出的疑問。我們不妨重新定義何謂「推理」？普遍的定義為「使用理智從某些前提產生結論」的行動。由此可得知兩個關鍵重點：第一，推理的核心宗旨應是基於理性的思考與分析；第二，結論和推理過程相比，重要性次之。讓讀者深陷推理世界中，不可自拔的原因，正是因為推理時絞盡腦汁的快感，與案情有所進展的舒暢。至於結局是否合乎作者的想法，便不那麼重要了；只要有合理的推論，那便是「故事的真相」！即便在現實生活中，這樣子的思維觀念容易誘發網路正義的發生，也不啻是以偏概全；可是在閱讀的世界裡，你是獨自一人的，大可放縱你的思維與信念，遨遊在五彩繽紛的幻夢中。

綜觀全書內容，雖然多數部分都是與靈異相關的素材，部分情節的推展也需要玄幻的力量來驅動。可是本書在案件推理的部分表現得也毫不遜色，特別是對於案件現場的描繪，是那麼的真實！作者川千丈利用活潑生動的筆法，撰寫出一篇極富科學考究的驚悚怪談。故事中不時穿插著科普小知識，融超自然、理性、感性於一體，實為讓推理界有所突破的代表之作。

評蕭瑋萱《成為怪物以前》

文／想沉浸在文字裡的普通人

每個國家或者區域的作品，多少會有一種獨特的韻味，類似簽名。很多台灣作家，都會包含較多的神鬼（宮、廟）、信仰、孝順、親情勒索、酒駕等等，大多數都是引用為起點、爆點，可是少有作家會分析這些行為的根因，提出自己的解決方案、如何改正。

以儒教為主的社會形態，導致孝順、情緒勒索，成為了很多台灣作品的主軸。成為怪物以前也不例外。作者以細膩的筆觸，溫雅的語詞，形容各種不幸，角色們面臨的痛苦，讓人揪心，可是，同時讚嘆、感受作者細膩的描述、文筆以及用詞。

不管哪一方，都是情緒勒索的受害者。主角楊寧努力撐起，不屬於她的責任，用盡她的一切，來保護弟弟，勇往直前的想替弟弟遮風擋雨。可是，當弟弟受到的傷害不是來自外面，而是家裡時，楊寧能做的事情少之又少。女主角心目中的弟弟，跟她實際認識的其實有點差距，面對最親近的、相依為命的親人的死亡後，才會發現她並沒有真正的認識弟弟，只記得她小時候離家前的那個印象，所以回頭查才會特別的痛苦。最後她的『錨』，讓她為持『善』的錨，斷了。無可避免的是。後面一連串的悲劇。當楊寧找到目標時，所有的道德觀念已無所謂，因為她心裡的底線已不在。種種悲劇、現實，讓主角非常的寫實、有血有肉，很有立體感。

另外一方，除了情緒勒索，還有掌控慾極強的家長，歪曲的是非觀，讓孩子無法自主的做任何決定，正常的成長、成熟，引起了一系列的連鎖反應。

以犯罪小說的公平性來說，有點不公平。一開始拋出來的煙霧彈，非常有效果，對第一位嫌疑犯從頭懷疑到尾。可是真正的犯人，幾乎是尾聲才登場，雖然中間一直有犯人的視角的篇章。在接近尾聲時，酒駕才登場，淡淡的幾筆，卻是整個故事的『頭』，如同現實中許多悲劇，都是因為一個人的不負責任，造成了無可挽回的傷害，徒留未亡人崩潰與瘋狂。

犯罪小說如果拉長，在中後面的階段，讀者容易煩躁，尤其時有其他的線索擺在眼前，比如『畫』，三位已知的被害者，最明顯的共同點就是畫，可是，不管警方還是主角，都不曾想到要追查這一條線索。以警察辦案來說，自殺結案是最簡單的，尤其是年長者對下一個世代的蔑視，默認『小孩子』抗壓力過低，用死亡逃避了現實，畢竟，立案就需要破案，警察也只是一種制度，需要有好看的指標，經費的使用等等考量。雖然有種說法，有勇氣面對、選擇死亡，才是真正的勇敢。對楊寧來說，某種程度上，她過度依賴鼻子，畢竟她大半生都是靠著味道來辨別、辨識、採取行動，她找的『師傅們』也都是跟嗅覺有關，她的行為模式已經固定，下意識的選擇比較習慣，自認為容易的一條路。

另外，去香水教室這一階段，穿插的很勉強。雖然靠著香水老師調查出重要線索，可是以主角的狀態，追查她掌控不了的線索，反而很勉強。既然都已經引出一位香水調配師的配角，可以考慮複製死亡的味道，試試看人工製造的味道是否可以取代『自然』的味道，因為方老師這個角色真的有點可惜，這樣楊寧的行動上會有更大程度的方便。

一個人，再怎麼天賦超然，也很難在短短時間內學成『心理剖繪』。不過，程春金這一個角色，是裡面最迷人的。整本書最喜歡的，應該是楊寧『對抗』程春金，她給師傅剖繪的精準，兩人之間的波濤洶湧，雖然篇幅不長，可是非常的過癮。雖然楊寧的程度有點不現實。

在主角與反派塑造非常成功的反面，就是楊寧的同事，除了個性以外，沒什麼特別的描繪。最後結尾，小支的『幫忙』非常突兀。普通人，不會為了同事或者朋友綁架任何人，因為要跨越的心理障礙太大了，尤其對方是一位看起來很令人同情的身障者。如果有小支跟楊寧有什麼另外的深刻連結，就比較有說服力。

有些配角們的塑造有點讓人無法理解。許浩洋再交的女朋友是為了什麼？發洩？陪伴？沒有人能在在同一間公司的情況下，不會發現自己的男朋友使用公司資源，越線幫助『前』女友，尤其是這位前女友很明顯的刻骨銘心。所有的角色裡面，最讓人費解的屬於許浩洋吧，有點工具人融合白馬王子和癡心劈腿的人設，讓人難以相信和接受。

整本書非常強調楊寧的衝動，靠著這個衝動來推動整個劇情，來到結尾的時候，楊寧反而有另類的冷靜，冷靜的安排同事，冷靜的安排她入獄後的後續發展，一種性格上的衝突。我個人的話，反而會偏向拉長線釣大魚，畢竟復仇是一盤冷菜，親眼看著對方才是最大的享受。

不知道作者是否有意，可是楊寧在弟弟死後陷入的崩潰、封鎖狀態，呼應著母親被丈夫背叛的反應，何其的相似，雖然楊寧痛恨母親，可是她採取的行為模式，卻又是如出一轍，真是耐人尋味。

最後的結尾，呼應著標題『成為怪物以前』，讓人很期待主角的未來發展。

成為怪物以前是少數以香味為主軸的犯罪推理，其實味道比我們想的重要，比起視覺，嗅覺反而更容易連結上大腦的回憶、觸動，洩漏出的資訊比人們想像的多。作者一步步的帶引讀者，看著楊寧如何從谷底爬起，為了尋找真相而振作，讓人替楊寧捏一把冷汗，既期待她能早日成功，又擔心她每次面對犯罪者，會遇到的危險。

犯案動機，是一本犯罪推理小說的節點，畢竟動機是引爆點，如果引爆點不夠有張力，會讓整部小說少了一點『味道』，『成為怪物以前』把兩位犯人的動機闡述清楚。一個是天生的戀童癖，這種只能靠長期的藥物、心理醫師的治療，無法根治的病症。另一位的導火線反而是後天造成，失去愛人的刺激過大，而墜落黑暗，自以為救世主的罪犯，引人省思。

以犯罪推理小說來講，雖然無法跟主角產生共鳴，可是看著她的成長，跟配角的鬥智鬥勇，面對自己的過去，拉近跟犯人之間的距離，從迷惘、一無所知，到抽絲剝繭的一點一滴走到真凶的面前。雖然過程中有跑偏抓錯人，可是楊寧不氣餒，繼續往前行的勇氣與毅力，也是很令人敬佩。

整本小說架構非常充足，有勵志、有刺激的追捕、不是很靈光的警察、亦師亦敵的人，兩肋插刀的友人、解謎的樂趣、最後真相大白，以及惡人受到報應。在享受作者用美麗的詞彙描寫情緒、感受的同時，看著主角完成她的復仇之旅。

一本好的書，不一定要讓人跟主角引起共鳴，能讓讀者投入、咀嚼文字、想繼續下去、導出情緒，不管是生氣、開心、欣慰，替裡面的角色捏一把冷汗，對反派的憤怒，恨不得自己投身其中，對他們進行法律上，或非法律上的制裁，都是一場感官的享受，『成為怪物以前』絕對會達到這個效果，細細的品味作者與讀者分享的小小世界。

雨水沖刷不去的真相——讀《城境之雨》

本文作者／艾德嘉

「以生長在台灣的經驗創作犯罪文學」，數十年來，這片土地上的創作者們前仆後繼，為了這個目標燃燒心力而書寫，也累積了色彩繽紛的多樣作品。其中若要論佼佼者，提名既晴應該不算謬讚，因為《城境之雨》就是一本巧妙融合犯罪謎團、台灣地景與當代眾生相的傑作。

在犯罪文學中融入當代地景，絕非錦上添花的簡單工作。故事背景若設定得太過輕薄，沒有足夠豐富的寫實細節，就顯得缺乏重量，難以說服讀者信服詭計的可行性。但如果過於熱切地描述風土文化，忘了小說乃是說好故事的本質，便會造成喧賓奪主的反效果，讓人物與事件相形失色，變得好像在看拿取政府標案的觀光宣傳片了。

不過，由四個短篇組成的《城境之雨》，並沒有上述的問題，而是成功地把作者對台北市的熟稔、在疫情期間的生活經驗，融合進謎題之中，形成令人拍案叫絕的拼圖機關。每一篇故事更不忘以多情但扭曲的人性為主軸，在帶有一絲社會新聞黏稠血腥感的寫實犯罪中，提煉出一股惆悵的詩意，伴隨著永不停歇的雨水，在讀者心中留下偵探主角張鈞見撐傘在城市裡四處為真相奔走的徒然樣貌。

在〈沉默之槍〉中，讀者跟著張鈞見一起跟蹤案件關鍵人物宋家豪，一路坐著公車穿越士林、芝山、天母……跨越台北的北區，來到了台北人非常熟悉的台北榮民總醫院（簡稱榮總），許多人在這裡重獲新生，或與家人進行過最後告別。醫院處理的事不外乎生老病死，讀者此時肯定非常好奇，為什麼一個在家裡偷藏貝瑞塔手槍、跟黑幫和酒店小姐鬼混的高中男生要去榮總？這時候，少年「墮落」以前的春暉社服務經驗，把一切矛盾理順串聯起來，讓我們看到宋家豪神祕行經背後的真實動機，也讓整篇〈沉默之槍〉的核心謎題顯得更為特殊且感人。槍之所以沉默，不是為了奪走性命，反而是為了延續希望。

〈泡沫之梯〉的故事圍繞在一起車禍肇逃案上展開，舞台設置在新北市的環堤大道，在真實世界裡，這裡的交通事故本就多如牛毛，所以多一起虛構的死亡車禍，也不會更敗壞台灣交通的惡名了。本篇的關鍵在於：害眾多家庭天人永隔的這些車禍案件，實際上是很難破解真相的。作者在本篇設置了相當現實的障礙給偵探和委託人，連日的大雨沖走了證據，警察認真做好自己的工作，沒有為了襯托偵探的厲害而被降智。那麼，如果體制內的調查都已盡了人事，受害者家屬是不是就該聽天命，把苦悶吞下去呢？本篇的委託人黃佳慈並沒有這麼做。她的積極不僅停留在找上徵信社來調查殺害弟弟的凶手，甚至當起間諜、犧牲色相，只為求得一點線索。不得不感嘆，她艱辛的付出所得到的，除了關鍵線索，大部分仍是溫情感性的回應，這也是一種台灣地景，比起可悲的交通安全問題更美善的那種。

〈蠶繭之家〉的背景也在台北市。張鈞見要尋找的失蹤者顏仁璽本是富有的高薪主管，與一家三口住在房價不菲的大安區，失業、離婚不久之後，他就拋下國中年紀的女兒失蹤了。根據張鈞見的調查，顏仁璽失蹤時坐了好幾天的計程車，從大安區一路駛向台北沒落的西區——萬華，在華西街附近的公園不斷尋找某個身影。熟悉當今台北市地景的讀者，想必可以快速理解到作者安排謎團的核心：顏仁璽從富裕的東區，到衰退的西區，究竟想尋找誰或什麼？大安區文教資源昌盛，能夠住在這裡的都不會是太貧窮的居民；與之相對地，一百年前曾是台北精華的萬華區，如今已是令政治人物頭痛、經濟缺乏活力的舊城區，區域內的公園出名地匯集了眾多生活艱困的街友。城市中不同區域兩樣情，在強烈的對比之下，顏仁璽連續數日重複的計程車尋人之旅，究竟是在找誰？就成了非常吊人胃口的謎題。

〈疫魔之火〉這一篇作品，既是謎題最複雜的一篇，也是我個人最喜歡的一篇。武漢肺炎剛開始肆虐的二〇二〇年，饒河街發生了一場大火，造成精品店老闆朱宜慶的死亡。看似老舊家電導致的電線走火意外，以及剝奪了人民移動自由的百年大疫，這兩個風馬牛不相及的災難，其實隱藏著令人意想不到的神祕關聯？

〈疫魔之火〉之所以能贏得我最多的好感，就在於作者在本篇中，把台灣抗疫的當代記憶與案件謎題的核心互相嵌合，形成密不可分的拼圖，繪製出一幅情節純屬虛構，但描寫的人性內涵卻無比真實的瘟疫浮世繪。到了本文寫作的二〇二三年今天，疫情仍沒有完全離我們遠去，三年來侵蝕人心的恐慌，仍在你我心中敲著小小的警鐘，要我們不忘時時囤積口罩、酒精、快篩等防疫物資。一小片輕薄的口罩，曾經成了全城爭搶的奇貨，催生出「口罩實名制」、「口罩國家隊」等疫情時代的記憶。這也讓讀者得以追溯〈疫魔之火〉中的奇想來源：口罩既然一度是受到國家限制的戰略級物資，那麼走私居奇的黑色交易，想必也真實存在吧？這些搬不上檯面的地下商業行為，會不會曾經衍生出人命衝突？進而像骨牌效應一般，催生出更多離奇的事故？

對於現實世界中的黑暗地帶，活在平凡社會的我們除了新聞報導所及之處，並不知道太多。不過既晴透過〈疫魔之火〉，為我們打開了一扇窺見暗黑可能性的門。即使肺炎疫情正離我們逐漸遠去（或還要滯留一段時間），我想未來的我，永遠不會忘記疫情對台灣的影響，以及〈疫魔之火〉對人性的深刻描寫。

穿梭於理性推理與神祕魔法間——評《請把門鎖好【20週年紀念全新修訂版】》

本文作者／邱鉦倫（台東大學、慈濟科技大學兼任講師）

既晴為推理、恐怖小說作家，目前任職於科技業。以《請把門鎖好》贏得第四屆「皇冠大眾小說獎」百萬首獎而出道，後以偵探張鈞見為主角，陸續發表了長篇《別進地下道》、《網路凶鄰》、《超能殺人基因》、《修羅火》及短篇集《感應》、《城境之雨》等系列作，非系列作品則有長篇《魔法妄想症》、短篇集《獻給愛情的犯罪》與《病態》。曾擔任公視人生劇展劇作《沉默之槍》製作人，現為台灣犯罪作家聯會執行主席——《請把門鎖好》20週年紀念全新修訂版扉頁。

若提起台灣驚悚恐怖小說，既晴的《請把門鎖好》與《別進地下道》（2003）是ＰＴＴ網友必推的兩部作品，時隔二十年，《請把門鎖好》增訂十一萬字再版，無疑再讓新世代讀者可以好好認識這本書，更是接觸本土推理的好機會。

知名小說家為了調養身體，他選擇回到高雄某醫院休養，因此也在醫院裡認識了前刑警「吳劍向」，在每夜閒聊的過程裡，小說家慢慢打開吳劍向的心防，問起是否有光怪陸離的案件可激發他寫作靈感，吳劍向摸著手中的「石頭」，掉進回憶裡，說起過往曾經偵辦的案件。

某天吳劍向接獲報案，電話那端以急促、惶恐的聲音說家中出現一隻全身通紅的大老鼠。在接到電話的同時，吳劍向感受到從背脊竄發的寒意，這股寒意能預警凶險，從小到大他特別注意來自身體的警訊，今天接到電話，或許暗示此案件的禍福難測。當吳劍向前往現場搜查，不但真的發現紅色巨鼠，更藉由巨鼠的氣味與體型，循線發現一具長滿蛆的屍體與密室，故事也由此帶領讀者越陷越深，一如深深掉入其間的吳劍向……

當我們在閱讀《請把門鎖好》時，會被它本格推理的風格所吸引，但隨著故事的發展，推動劇情的不再只是「推理解謎」，而是參雜其間的「超自然」論述；密室殺人已夠神祕，靈異事件更令人毛骨悚然。人總是會被恐怖而又神祕的故事吸引，因此我們也隨著吳劍向的腳步，一頁一頁地往下翻去。

細究《請把門鎖好》一書之所以有如此巨大的「魔力」，或許可分為幾點來討論。

一、虛實交雜的敘事

故事的〈楔子〉先以卡爾・榮格為開頭，簡介「集體無意識」的學說，在其學術問的敘述過程中，建立起文章的真實感，文章如此寫道：

> 集體潛意識經由先天的遺傳與後天的教育，暗伏於我們的心靈深處，夢亦化為人類行動的提示符號。這樣的提示符號，或許是幾何圖形，或許是色彩，或許是一段音樂，當我們在現實世界中偶然觸及時，我們對靈界的記憶復甦了，然後，我們不自主地接受符號的控製。這就是所謂的魔法。（頁13）

榮格自佛洛依德所開發的精神分析技巧為起點，認為佛洛依德使用「自由聯想」的心理分析方法，有助我們以「夢」為起點，藉此來探索病患的潛意識。但是榮格以自身經驗與相關經驗察覺發現，「自由聯想」的方法也可藉由現實中的事物、符號來產生，同時會觸動個人陳封的記憶，某些記憶像是有意地被遺忘，以此來表明夢對於一個人來說有其特殊的意義。榮格更認為夢中所產生的意象，比清醒時的概念來得更加生動。這是因為在我們個人意識的思考裡，會壓抑自己在理性陳述，會降低多數的心靈聯想，而在夢中這些心靈的聯想會浮現。而故事中正是以「夢」以及夢中的行為來連接現實，使夢中的行為化為現實的可能。

這樣的穿梭在理性與心靈的論述，也為本書設下了基準，並為讀者提出了閱讀挑戰：「真實與夢境的界限在那裡？」並從此出發應用交錯真實與虛構的故事來營造真假難辨的閱讀體驗：

一八八八年八月七日，英國倫敦東區（East End）爆發了白教堂（Whitechapel）血案，一名妓女慘遭利刃割破喉嚨……當時一家報社接到一封署名『開膛手傑克』（Jack the Ripper）的來信，內容以紅墨水書寫，信中明白表示自己是白教堂以降的連續謀殺案真凶，信末並且蓋上指印……經由媒體的大肆披露，開膛手傑克成為全英國人恐懼的神祕潛伏者。在佈滿濃霧的倫敦，隱藏著一個神出鬼沒、嗜血成性的殺人魔。（頁85）

在進入故事中的凶手前，先列舉近代連環殺手的代表人物「開膛手傑克」，再以現代都市社會的演變為輔，說明連環殺手出現的社會成因，先有了看似全然真實的敘事鋪墊後，再帶出「洪澤晨」的出現：

事實上，在高雄市內亦曾經有過一個震動華人世界的連續殺人狂，他就是在一九九五年槍決的洪澤晨——外號「噬骨餓魔」……和外國大多數連續殺人狂命案的主要不同點在於，被害者並不是幼童或婦女，卻清一色全是老年人。（頁89）

初次讀完《請把門鎖好》後，一時好奇上網查尋「洪澤晨」之名，竟然還在搜尋引擎上看到連結：「噬骨餓魔洪澤晨是否真有其人？」由此可以看出《請把門鎖好》一書中虛實交錯的筆法的影響，讓真實與虛構的故事混淆著讀者，產生似真似假的感受，再加上台灣在地書寫的特色，所應用的背景是人們所熟知的「高雄」、故事後段描寫吳劍向在「鳳山」一帶逃亡，觸目所及盡是熟悉的地名，在這片土地上發生著神祕未知的事件，使故事既有真實世界的影子，又帶有想像空間，讀者可在其中的縫隙遊走。在真實中建構著虛幻，在虛幻中又帶有信實感，使得文章愈發魔幻，不禁想去搜索台灣是否真實出現過「噬骨餓魔」，想再去比對是否有類似刑案發生，才發現我們都誤入了作者的虛實陷阱之中，一如吳劍向在夢中對著阿格里帕說出「我當然願意」。

二、「真科學」VS「假魔法」又或者是「真魔法」VS「假科學」

科學與魔法的對比反覆在書中出現，一如〈靈媒自我修煉之初階技巧〉的原稿寫道：

> 召喚死去親友靈魂的法術，與召喚預言幽靈的方法基本上並無太大差異。不過，在施行召魂術前，有一個前提必須先予以說明：所謂的召魂術，並非是令死者復活的法術。施法者所招來的魂魄，事實上只是死者於臨終前的最後意識。
>
> 此一臨死意識為死者之精神力量，它能重現死者在臨死前心中所思想、意志所專注，卻無法讓死者在人間恢復行動力或判斷力。亦即，魂魄僅是死者殘存於人間中意識的無形聚體，它可以回答偵訊者一些簡單的問題，卻不能取代被附身者進行太複雜、太長久的活動。
>
> 死者的魂魄會隨時光之逝去而逐漸散淡，因此如要施行具有一定效果的召魂術，則必須選擇逝者死亡之處，把握時間儘快進行，以召回死者最清晰之意識。（頁 228）

這段有關招魂法術的論述，分別從操作方法、內容細節、實際應用的過程說明，其行文嚴整、邏輯清晰，一點都不遜於學術論文，用最科學的語言來論述最神祕的魔法，令人讀來產生倒反錯亂，有著強大的衝突感。

故事透過記者與吳劍向的互動開始，後多以吳劍向的視角來描述其所見所聞，先是紅色大老鼠事件，接著展開刑偵探案推演劇情，陸續登場角色如夏詠昱、張織梅、湯仕敬等人的行事愈發離奇，靈媒夏詠昱現場舉行招魂術只是開始，到湯仕敬登場竟是活了五百年的大魔法師，讓本來以邏輯思考的吳劍向不禁去反思自己的思維，也刺激著我們不斷設想在日常生活的另一面，是否有未知的世界。書中透過旁述與對話交雜的敘事，加上虛實真假帶來的懸疑張力，對於讀者來說，若欲抽絲剝繭，就要更細思索前後關係與脈絡。

但是，當愈細心抽絲剝繭，追尋脈絡時，愈會感受到原有理性框架慢慢崩解，像吳劍向為了探案，竟然使用通靈術於自己身上，召喚了夏詠昱的亡魂附身，他的行為也越來越偏離警察行事準則，初衷本該是破案的他，慢慢以破案、查案為藉口深入夏詠昱的家中，發現張織梅這個最關鍵的證人後，不是帶回警局，而是私藏逃犯並生起了保護之心。其中的轉折關鍵就在於夏詠昱的「催眠術」與「招魂術」。因為夏詠昱的暗示才讓吳劍向可以深入追查，並提供情報，也更因其招魂術帶出了神祕女子張織梅的出場，以及詛咒的源頭湯仕敬。

故事中活了五百年的湯仕敬精通多國語言，似乎是長生不死，學習了大量的魔法知識，但在警方的調查下，又只是來台傳教的摩門教徒，究竟此人是真的會魔法呢？還是一般的傳教士呢？透過湯仕敬的視角發現他似乎真的是大魔法師，並且掌握大量的黑魔法知識，並在漫長的歷史之中累積大量的知識，通過近代心理學學說補強了阿格里帕「猶大的獄門」的缺點：

……但「猶大的獄門」最後卻被恩師棄而不用。因為，它預設的前提有缺陷。並不是每個政敵都是貪婪的，也不會有人傻到讓仇家的鷹犬在手心上畫下魔法圖樣。雖然它的破壞力是如此可怕，但要欺瞞仇敵受詛卻困難萬分……我一直試圖解決「猶大的獄門」的根本缺陷——我必須找到一種方法，讓這個魔法能夠不依賴受詛者意志即可執行。最後，我從人類的潛意識中，找到了「猶大的獄門」全新的使用方法！

「人類的潛意識……？」

「就是催眠術、夢囈，以及夢遊。」（頁 359-360）

湯仕敬版本的「猶大的獄門」之所以可怕，正是因為它結合神祕學與心理學，理性與非理性的完美結合，才讓此詛咒威力強大。故事虛實交雜的敘事，也是魔法、通靈與心理學的對比，看似感性、抽象、不科學的魔法、通靈，卻因為榮格「集體無意識」學說巧妙的與心理學掛勾，讓通靈、催眠、附身、夢境等觀念能綰合於一身：

「沒錯。殺人魔的邪惡是一種絕對的存在，一種縱使他死後也不會消失的能量。」

「死後也不會消失？」

「呵呵，這就是最有趣的地方。事實上，這股能量的根源，來自人類的集體無意識—所有人共享一個潛意識心靈。」（頁 357）

在此故事呼應了〈楔子〉的開頭，同時也在吳劍向與湯仕敬的對話裡發現，這是一場長達五百年的「苦戀」，湯仕敬是走在時代尖端的恐怖情人，不斷糾纏著張織梅，那些因為張織梅而死的男人，只是這恐怖情人愛情的犧牲品，恐怖的不是噬骨餓魔洪澤晨，恐怖的是人根本的惡，這股邪惡能量，則是千百年來不斷累積的。

三、從密室解謎到心理陷阱

不僅是虛實交錯的敘事讓故事變得迷離，而是在心理學與神祕學的轉換，讓讀者從推理祕室一步步走向心理陷阱。

「密室殺人」是邏輯上不可能發生的犯罪行為，凶手通過一系列的手段、方法，使被害人死亡在封閉的空間中，其證據全部指向該封閉的空間之內。就表面證據看不出現場有其他人存在，但是被害人之死並非自殺。推理小說密室殺人的醍醐味就在於作者如何設計「密室」，鋪陳其殺人動機，最後運用理性論證自我拆解密室。

故事用大量的筆墨描寫該密室牢不可破：

破壞小組已經將鐵門鋸開一個能讓成年人爬行的正方形通道，在鐵門背後，則是一口沉重的鐵櫃，以櫃背將通道擋死。可能是因為鐵櫃裡放了許多重物，沒有辦法直接推開，所以破壞小組決定繼續破壞櫃壁……所幸，堵在鐵門後的櫃壁並不算厚，破壞小組在劍向的加入下，在不到二十分鐘的時間內又洞開了一個三十公分見方的通行孔，結果發現鐵櫃裡竟然裝滿了大小石塊……鍾思造將四〇一室建築成銅牆鐵壁般的密室，這不啻是一種自殺的行為。然而，若是真的要自殺，為何非使用這麼極端的手段不可？（頁66）

這說明了這起命案的不單純，尤其是鍾思造的死狀甚是特別。但是，當讀者閱讀到故事中段時，經由夏詠昱之死已然發現，當初第一個受害者「鍾思造」的確是在密室中死亡，但殺他的「人」竟是已經亡故的「噬骨餓魔」洪澤晨，似乎已經先將底牌揭曉，但我們還是會想追問，為什麼洪澤晨的鬼魂會出現？一如吳劍向在看到夏詠昱的畫面時，想繼續追查的執念，故事一步步從從密室解謎走向心理陷阱：

當劍向回神過來時，他發現自己站在一座黑暗的莽林……也就是說，我也會和他一樣，在這裡遇見阿格里帕了？雖然很明確地知道自己身處夢中，但劍向卻無法使自己醒來。這場夢彷彿就像另一個現實世界。他動手擰一擰自己的臉頰，但沒有任何幫助……「現在我告訴你，」他說，「世界上存在一種最高級的魔法，可以讓你看見鬼，你是否願意學習？」劍向在他提出這個問題前，早已在心中排演過數十遍。然而，他聽見自己咬字一清二楚地回答：「我當然願意。」

劍向這才發現，這個遊戲根本沒有所謂的分歧點，從頭到尾全都是程式設定好的。（頁 324-326）

最終，我們發現，恐怖的不是噬骨餓魔洪澤晨的鬼魂、不是詛咒發動時所出現的惡鬼，更不是恐怖情人湯仕敬，恐怖的是人心中慾望與惡意。阿格里帕「猶大的獄門」應用人的慾望，但在理性上我們還有應對的可能，湯仕敬轉而向潛意識入手，讓我們無從逃脫，一如我們想知道密室殺人的謎底而深陷其中。

四、最後的懸念

小說巧妙融合了推理與魔法，有趣的是，儘管推理的邏輯框架與黑魔法的神祕力量在本質上理當互相矛盾，但透過心理學說來連結，篇章之間巧妙貼合懸疑推理與超自然元素，讓人欲罷不能，最後隨著故事走到尾聲，究竟吳劍向是真瘋還是假傻，是夏詠昱之魂靈還是吳劍向之本體，我們開始不禁懷疑，甚至，回到知名小說家的敘事視角，他想起吳劍向手中的石頭，忽地開始重覆喃喃：「我並沒有妄想症，我只是把門鎖好……」都不免讓人懷疑，這位小說家是真的生病了呢？還是他也中了「猶大的獄門」？留下無窮的懸念。

類歷史時間的創作——《風起隴西》書評

本文作者／陳俊偉（國立金門大學助理教授）

一

台灣東部某一間國立大學的文學院又迎來了早晨，廣闊的校地，歐式的建築，還有一大早就不停咕咕叫的鴿子……這門課只有兩個人選課，授課教授陳老師今天似乎又睡過頭了，他自從讀了博班以後就一直無法改善這個老毛病，連帶著讓學生們都不敢選他在早上開授的課程。

班上唯二的兩位同學小福、小華正在翻閱「前四史」的原文讀本，包含《史記》、《漢書》、《三國志》、《後漢書》。只不過小華似乎定性不足，一邊翻頁，一邊碎碎念。就這樣，他們等了三十分鐘。

小華決定要打破早晨的「寧靜」，對小福問了一本最近自己看過的間諜小說、歷史小說《風起隴西》：「對了，小福！你這麼愛讀三國故事，有看過第一部寫三國時代的間諜小說《風起隴西》嗎？馬伯庸寫的。」

小福很果斷地回應說：「沒有特別關注！又不能拿來寫論文，請先顧好自己的生活好嗎？」

小華聽聞小福的冷言冷語，表情顯得相當失望：「是喔……我覺得這本書很重要耶。」

其實小福是對小華囉嗦了半小時感到相當不耐煩，窗外整群的鴿子都沒有他一個人嘈雜。等到他發現小華這一句話倒是誠心想要請教的時候，便收起心神，進入專業人士的模式，開始認真跟小華對話，「不過我還是偷偷看了！」小福說這句話的時候，不忘轉頭對小華做出阿妮亞的謎之微笑（詳見《SPY×FAMILY 間諜家家酒》）。

「我就知道你這個鬼靈精！每次都偷偷來。」

看見小華也露出微笑，小福的心理壓力驟降，打算開始把自己的閱讀體驗告訴小華。他要開口的時候，小華立刻搶問：「你是為什麼要看這本書啊？」

小福：「我……」

小華：「你別說！讓我猜猜：作業？論文？影劇？稿費？還是說，被出版社的編輯威脅之類的？還是敘銘哥壓著你寫稿？啊！啊！我知道了，所以那一天我看你在點擊網路書店……」

眼前劈哩啪啦的連珠炮一直響不停，小福開始懷疑自己的一念之仁。深深吸了一口氣，回答說：「STOP！閱讀這一本書，主要是為了思考一個問題：究竟典範轉移需要花費多少時間心力。」

「典範？你是指什麼？說人話。」

「三國故事雖然內容很多很雜，討論的時候一般人腦中浮現的還是以《三國演義》為主。」

「所以呢？」小華挑眉問道。

「拿《三國演義》當對照，還有拿《三國演義》的原始素材《三國志》當對照，就知道作者在『逃離』《三國演義》的道路上走得多遠。」

「原來如此！那你覺得呢？」

面對這一個關鍵的問題，小福繼續說：「光是將間諜小說的元素融入三國歷史小說中，已經是取得他的歷史地位。基本上，《三國演義》有時候真的不太喜歡寫一些具體的細節，比方說城鎮的街道方位、普羅百姓的生活樣態，當然也不會有『現代人的間諜概念』，即使

『情報戰』從人類在原始社會階段就已經開始了。本書具備非常讓人驚艷的做法，連三國素材的漫畫類作品都沒有朝這個方向發展。簡單講，混搭搭對了。」

「所以你很喜歡這本書？」

小福想了一下，回答：「我對本書第一部的評價比較高，第二部的評價比較低，原因也跟走得遠不遠有關係。

「第一部是首度把間諜元素跟三國故事結合的成果，讓人非常感動。

「第一部還有魏延、楊儀之爭，這裡又涉及武將文臣的對抗意識，意義非常豐富，畢竟文武之爭是現實、文學的三國故事中隱而未顯的議題。大概是這樣吧……」

小華突然露出狡黠的笑容，說道：「你忘記講第一部還有妹子，這很重要！」

「雖然你用心不正，但你也點出一些道理了！唯一有戲份的女性角色被賜死是很可惜的事情。需要憐香惜玉。像是《三國演義》女性角色較少的情況在後期也同樣很明顯。啊！作者自己是有解釋跟工作夥伴的離職有關係。」

「目前你只有這些想法嗎？」

「不然呢？」

「老師到現在還沒有出現，看來已經是打算睡到自然醒，你要不要乾脆講課給我聽？」

小福愣了一下，皺起眉頭，拿起手邊《三國志》的原典，說：「先行聲明，這些只是個人的閱讀心得，不要洩漏出去，本人一概不承認、不負責、不回應，基於本項次工作需求……」

二

被小華阻止了再次進行「警語告誡」以後，小福拿起《三國志》的《蜀書》一冊，說：「第一個讓我感覺比較敏感的，應該是更改了部分的歷史背景。」

「是嗎？在哪裡？」

「本冊第一卷有透露不少訊息。」小福簡單回答道。

小華一邊快速翻閱，一邊問說：「劉二牧傳？劉焉、劉璋？」

「《風起隴西》的歷史背景是諸葛亮北伐時期（227–234）前半期的故事，但是又把更早些時間段的歷史進行了修改。將劉備陣營入川（212–214）過程造成的後遺症一筆抹去。」

「後遺症是指什麼？」

小福回答，「得國不正、德不配位！」

小華驚訝地說：「什麼鬼？」

這個時候正好有一隻鴿子停在門口，遠眺起來羽色應該是灰綠基本款，然後牠慢慢走進教室，大概是為了找些食物的碎屑吧！這間大學的學生不知道為什麼總愛帶些麵包類的食物。有趣的是，鴿子翅膀收拾在後的走路樣子，真的像極了一位文學院出品的教師，只可惜牠過於安靜的步伐並不會引起任何人的注意。

「關鍵句出現在該書第二部第二十四章　盤問與疑團有一段話：『荀詡知道，雖然如今蜀漢官僚機構內部並無顯著的地域偏見，但「前劉璋降官」和「昭烈帝舊部屬」的官員之間總有那麼點隔閡，這種隔閡甚至有時候會影響到人際關係和升遷仕途。（頁367–368）』……真的只是『無顯著的地域偏見』、『總有那麼點隔閡』嗎？未免把劉備陣營最大的汙點輕輕鬆鬆一筆帶過了。」

小華一臉驚愕：「你什麼時候把《風起隴西》這本書帶在身上……」
小福從容回覆小華的質疑：「你這個問題岔題了，等等再解釋。請回主脈絡。」
小華說：「哈囉？」
「劉備陣營十分陰險狡詐，他們為了擴展版圖，屢屢背信棄義，直擊文明的底線。假為對付張魯的理由，再藉機轉換矛頭，並在劉璋帳下叛徒的指引下直取成都，殺得劉璋措手不及。偷襲盟友的陰招，後來也被孫吳陣營的呂蒙繼承了。不是不報，時候未到。
「劉備陣營入川一事甚至成為宋明儒者爭論權宜手段適用性的案例，是一個關鍵的爭論選題：為了一個正義的目的，過程能不能使用詐欺的方式騙取他人家國基業。
「『黨劉』的《三國演義》當然不把這件事情當成事，可是對歷史真實稍微有點堅持的讀者卻無法視而不見。」小福一連串發言，語氣也開始有點激動。
小華說：「搞不好原本的統治者劉璋很爛啊！」
小福推了推眼鏡：「我就知道你心裡住了集權主義。」
小華說：「什麼？」
小福說：「開玩笑的。劉璋治理下的蜀地在民生經濟方面發展得頗有成績，依據《三國志》記載，〈先主傳〉：『蜀中殷盛豐樂，先主置頒酒大饗士卒，取蜀城中金銀分賜將士。』〈關張趙馬黃傳〉：『益州既平，賜諸葛亮、法正、（張）飛及關羽金各五百斤，銀千斤，錢五千萬，錦千匹，其餘頒賜各有差。』這一個殷盛豐樂的好地方，在歷經蜀漢陣營的四十餘年統治，反倒變成了民有菜色的破敗之地。他們真的是一群好人嗎？還是一群榨取民力的惡魔？」
小華說：「嗯……」

小福繼續說：「劉璋治理下的蜀地並不是走一條集權的道路，反倒讓民眾社會自然發展，所以不僅僅是頗得人心，也有大量的財富積累。

「反倒是不久後失去荊州根據地的劉備集團，只好用盡各種手段來維繫國家內部的權力位階，確保劉備從荊州帶入蜀地的統治集團占據優位。

「加上劉備寵信的謀士法正又散播仇恨，〈法正傳〉：『以（法）正為蜀郡太守、揚武將軍，外統都畿，內為謀主。一飡之德，睚眦之怨，無不報復，擅殺毀傷己者數人。』原本跟法正關係不好的人們，他們心裡會服氣嗎？這個局發展到這裡已經很難拐回來。

「諸葛亮等當權派系透過『軍國主義』的方式鞏固權威，可是『軍國主義』又會損害原本當地人的利益，造成仇恨擴大。即使蜀地的平原地帶的農民們很好擺平，其他較難控制的高山、邊境地帶始終很難征服。直到蜀漢政權滅亡為止都沒有真正解決他們內部的根本權力結構問題。荊州帶進來的這群人遲早要式微。」

小華說：「所以？」

小福說：「諸葛亮明知國力撐不住也硬要發動戰爭的情況下，即使另一個派系的代表李平／嚴在後勤調度犯錯，國法上站不住腳，我依然很難在道德方面同情蜀漢政權包含諸葛亮在內的當權者。」

小華回應小福的說法，問說：「那麼跟本書的關係呢？就算劉備陣營像你說的一樣很壞，這對於解讀《風起隴西》有什麼幫助嗎？」

小福繼續說：「不是不能改動更早期的歷史背景，但是基於對歷史跟讀者的尊重，本書要多做解釋。要告訴讀者：為什麼你的宇宙真的變成了『平行宇宙』？

「我想……大概率原因是怕被『破梗』吧。一旦寫下太多歷史真實的材料，終極大魔王的謎底是李平／嚴就比較容易被讀者猜到了。平常有在接觸犯罪文學的讀者，基本都是鬼靈精，一丁點線索都不會浪費。」小福就這樣突然想起了在這個圈子打混的時候，感受到的讀者群靈壓到底有多麼恐怖！

小華又問道：「你是不是漏掉談《三國演義》？」

小福眼睛突然一亮，說：「你真是一位很好的聽者，對！一定要說《三國演義》的，不然我幹麼講這些。

「《三國演義》的真實主角是諸葛亮，近乎完人的化身；在『尊劉抑曹』的意識型態作用下（孫吳陣營慘遭邊緣化），致力消除劉備陣營的總總劣跡，光譜已經趨於極端；後世的「三國故事」倘若稍事修正，無論期間幅度大小，都屬於自然合理的發展，這點卻沒有在《風起隴西》一書上有什麼著落。

「本書停留在舊時代，設定過於保守，致使結局必須一直自圓其說，需要花費非常多的篇幅說明諸葛亮如何用心良苦。」

小華問道：「你覺得很可惜嗎？」

小福點點頭：「確實有點可惜。不過我不是作者，也不是未來的其他寫作者。」

三

「作者他們失誤了嗎？」小華總是喜歡這樣天真地問問題。

「應該不是」，小福搖搖頭，「首先，我認為作者跟他的工作團隊很聰明，我想得到的東西，他們應該也早就發現了。」

「原因呢？要不乾脆猜一猜？」小華的語氣似乎非常期待著小福的推理。

「怕讀者不習慣吧！萬一讀者不買單，出版社倒閉怎麼辦？挑戰《三國演義》是必須要付出很大代價的。這也是我覺得很可惜的……」

小福就這樣沉默一會兒，突然發出感慨：「評論工作本來就很見仁見智。

「如果你有定期紀錄的話，你會發現自己常常跟自己作對。說不定……改天我就換個說法了。你知道的，生活要繼續，柴米油鹽醬醋茶，其實人類沒有這麼信念一致，大多時候是很浮動的，所以才要透過權威文本跟定期聚會來校準彼此的靈魂。」

小華瞇起眼睛，問：「你為什麼要用『人類』這個詞，你又不是外星人或機器人。」

小福從容回覆小華的質疑：「我想要客觀看待自己。重點是：你這個問題又岔題了，等等再解釋，請再回主脈絡，謝謝！」

四

小福繼續說：「華夏文明的政治特色之一就是最為講究內部算計，把一盤象棋玩成兩桌麻將，你看神不神奇？北伐什麼鬼，都不過是維持內部政治秩序的藉口罷了！」

小華說：「當人家我還在『媽媽十塊錢』嗎？我早就知道了！」

小福見小華竟然使用『媽媽十塊錢』這麼俏皮的詞語，隨即使用銳利的眼神盯著小華，一副正經的語氣說：「我當然知道你知道這件事！」

小華正想要語言回擊，小福趕緊搶話：「且慢！

「因此……政治家為了私人友誼，不惜讓國家利益受到損害，就顯得更不合理。」

小華被搶話後，無奈地說：「敬請發言。」

小福又露出奸笑：「感謝！我的朋友！

「回顧歷史，很難講說三國時期到底誰是正義的化身？三個政權彼此在制度上並沒有明顯的優劣區隔。孫吳政權前期跟江東世族合作的情形還比較接近共和體制的狀態，只不過被《三國演義》拉黑得太嚴重，《風起隴西》基本也跟著這樣處理。我覺得很可惜。

「現代民眾基本都可以理解：國家政治的議題無法迴避統治者利益，這是必須妥善納入考量的，追根結柢道德正義還是有其工具性的一面。

「當國家大事跟私人友誼並置的時候，一旦處理不好就容易流於拿國家大事當兒戲。怎麼樣都不該把危險人物放在最關鍵的位置上面，即使是單純期望對方為國家做出貢獻，好險最終結局是李平／嚴只想跟著雙面間諜逃跑。

「軍政大事是很講究現實的玩意兒，不是逞個人情義的地方。

「《三國演義》描寫劉備為了替兄弟關羽報仇，過程非常不理智，沒有見好就收以鞏固戰果，幾乎賠上整個國家的未來，已經被歷代一些評論者質疑了……

「歷史真實上，『報仇』當然會成為出兵的一個名份。只是劉備的戰略重點始終是奪回自己的半壁荊州。即使劉備敗戰，他也沒有被情感沖昏頭腦，他一直在籌劃計事，直到臨終前的一刻。

「本書顯然又走回《三國演義》的舊路，把個人關係放在國家之上（即使作者已盡力澄清），無論是諸葛亮對李平／嚴的各種好壞打算，或者主角對人際關係的質疑（難不成當間諜前沒有想過無法再過一般人日子的覺悟嗎？）等等。

「曹魏政權雖失去一名良將，但是他們家底夠厚，很快就有人可以補上了。相反的，諸葛亮花費這麼多的力氣，卻只得到些微的成果，連年動眾……」

小華就這樣一直找不到插話的機會。

五

教室的一個角落傳來一位中年男子的聲音：「小福講的內容很好啊，要不要乾脆寫成期末報告好了？對了，小華也扮演很好的發問者，這點也得要鼓掌。」說話的人正是已經被兩人完全遺忘的陳老師。

小福跟小華兩人異口同聲喊道：「老師你什麼時候出現的？」

陳老師說：「我也忘了時間點。

「剛才是跟著一隻鴿子走進來的。看到你們聊天聊得很認真，我就先安靜坐好。

「根據小福的說法，追根究柢，作者在面對《三國演義》的典範在前，有些時候在創作上還是態度保守了些？即使創舉的部分貢獻很大。」

小福回答：「是！就算我很欣賞間諜元素融入三國故事，我本身也是超級喜歡阿妮亞，聽到間諜兩字都會很興奮。但身為一位評論者，還是必須盡力把自己認為的問題指出來，即使論點過陣子被自己或別人推翻。

「畢竟……這對於讀者進一步理解作者創作的心思，以及理解一本長篇小說（各種文類中最傷害讀者專注力的殺手），依然是提供了一個快速進入本書狀況的方便法門。

「對我自己也是一次很好的學術訓練！」

陳老師聽聞小福略帶慷慨激昂的話語，也補充點內容：「通常簡單的英雄回歸模式最容易受到讀者歡迎，文學有它的規律，過於真實也未必真的就是好事……這也導致目前電影的劇情常常千篇一律，你又不能去刺激粉絲……

「閱讀中國歷史，不難發現處處充滿敘述性詭計。混淆人物的身分，混淆發生的地點或年代，歷史演義又是在這個基礎上再變得很混淆的文學產品，因此重新提出歷史真實絕對有其作為參照的價值。

「然而，文學是語言的美學，從非美學的角度解讀文學，嚴格說來已經是在瓦解文學的主體性。倘若照著評論者的意見進行創作，搞不好銷量還會減少，這是一件很弔詭的事情……

「唉！我最近肩頸真的很痛，大概沒有力氣再去想這些問題。

「你們今天還想要上課嗎？」陳老師問了一個本日最關鍵的問題。

小華說：「我才不要。身為聽眾，『本宮乏了』！」

小福說：「上課不必了，我們會自己去讀指定的單篇論文，我是乖寶寶！另外，有一張下週的假單想麻煩老師簽名。」

陳老師疑惑是什麼事情，小福回說：「我要去台北參加一個論文研討會，講的內容包含了《風起隴西》這本書。」這讓小華不禁喊了一聲：「原來如此！」

澳洲/台灣犯罪作家

跨國論壇

文/提子墨

Michael
Robotham

Chris
Hammer

Candice
Fox

Hassengo

Garry
Disher

CriMystery

從美加到英日，下一站是哪個國家的犯罪文壇

《詭祕客》三歲了！在本期與前兩期的專刊內容中，我們已經訪談過二十多位來自世界各地的犯罪小說作家與歐美出版人，從創刊號的「跨國論壇」單元，專注於「加拿大」犯罪文壇，邀請到加拿大犯罪作家協會（Crime Writers of Canada），多位「CWC 卓越獎」的得主們與執行主席。

在第二期的「跨國論壇」單元中，則是專注於「英國」的犯罪文壇！千方百計邀請到來自英國犯罪作家協會（Crime Writers Association），多位「CWA 匕首獎」的重量級得主們，與英國知名的神級人物，CWC 的執行主席馬克西姆・庫鮑斯基，以及國際級的傳奇人物，英國偵探俱樂部（The Detection Club）的主席馬丁・愛德華茲！

這一期，請繼續跟著我們的地圖移動，以犯罪文學和世界各國的作家們紙上交流！本期的焦點國家是「澳洲」的犯罪文壇！為讀者們邀請到澳洲犯罪作家協會（Australian Crime Writers Association）的成員，他們在台灣也有些知名度，更是各個得獎無數的澳洲犯罪小說作家們——《非常嫌疑犯》的作者邁可・洛勃森（Michael Robotham）、《烈火荒原》和《銀港之死》的作者克里斯・漢默（Chris Hammer），與《荒涼路》的作者蓋瑞・迪希（Garry Disher）。

當然，既然是論壇就不能缺少女作家們的觀點，我們邀請到榮獲詹姆斯・派特森（James Patterson）欽點，長期合作共寫系列小說的澳洲女作家甘迪絲・福克斯（Candice Fox）！台灣的論壇參與代表，則邀請到文壇的新銳犯罪作家八千子老師，與這四位澳洲來的作者們，一起討論關於閱讀、創作、靈感、田調、寫作的各種心法！

澳台作家跨越異國風情，與黑暗奇幻的探案角色

首先，就請澳洲和台灣的老師們，向亞洲尚

未有幸讀過你們作品的《詭祕客》讀者們，介紹一下自己筆下的角色，所創作過的探案小說之世界觀與劇情簡介。

洛勃森　我筆下的系列除了《非常嫌疑犯》的「喬瑟夫・歐盧林系列」（Joseph O'Loughlin series），還有一個比較後期的系列，也就是《看穿謊言的女孩》和《謊言誕生的房間》的「賽勒斯・黑文系列」（Cyrus Haven series）。這個系列我引入了兩個不太一樣的角色，法醫心理學家賽勒斯，和一位非常令人困惑又有自毀性格，卻相當聰明的少女艾薇（Evie Cormac）。

她在童年時被發現躲在一間房屋的牆壁裡，因為某名疑似誘拐兒童的嫌犯在那裡慘死，直到屍體腐爛才有人報案。當她被發現後，拒絕告訴警方她的名字、年齡和來自哪裡。因此，她成為法院的受託人，獲得了一個新的身分，被送到了兒童之家。

這個系列是以艾薇申請釋放作為開場，她辯稱自己已經十八歲了，應該被當作成年人對待。賽勒斯必須決定艾薇是否準備好，可以重回社會了？或者更重要的是，這個社會是否準備好要接納艾薇了？因為她不同於賽勒斯所遇過的任何人——她受損、功能失調、具有攻擊性、讀寫困難，但絕對擅長判斷別人是否有在說謊。有些人可能稱這種判斷謊言的能力是天

邁可・洛勃森
（Michael Robotham）

洛勃森曾在澳洲、英國和美國的報章雜誌上撰寫文章十四年之久，也曾是英國《星期日郵報》的資深特寫作家。

1993年，他辭去新聞工作成為一名代筆作家，為政治家、流行歌星、心理學家、冒險家和娛樂界名人合作，撰寫他們的自傳。還出版了十二本非常暢銷的犯罪小說，總銷量超過200萬冊。他的小說已被翻譯成25種語言，並贏得或入圍多個獎項。

官網：
michaelrobotham.com

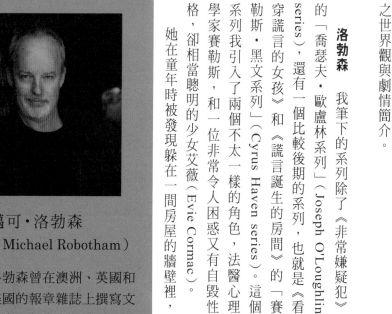

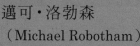

《看穿謊言的女孩》(2019)
邁可·洛勃森

賦，但艾薇知道，那是一種詛咒。

漢默

「馬汀·斯卡斯頓系列」主要的角色，當然就是記者馬汀和他的女友，他們倆在這個系列第一本小說《烈火荒原》中相遇，當時馬丁被派往澳洲一個偏遠的鄉村小鎮，一年前那個鎮的一名神父射殺了五個人，隨之自己也中彈死亡。

那個小鎮正遭受嚴重的乾旱，馬汀本來是打算寫一篇神父屠殺案，一周年的追蹤報導。但是，他很快開始懷疑有關神父射殺五名男子的傳言，或許並不是真實的。當他挖得越深，自己的處境也就變得越來越危險，因為還有更多的犯罪，與更多的屍體將會被發現。

《烈火荒原》是一部驚悚小說，但也因為書中喚起一些讀者的共同語言、強烈的地方風情與深刻的情感，而受到了許多人的讚賞。這個系列的第二本小說《銀港之死》，則是講述馬汀和女友曼迪搬到澳洲的海岸，來到了馬汀的故鄉「銀港」。但是曼迪卻意外被指控，謀殺了馬汀的一名老同學。馬汀展開了調查，希望能夠為女友洗刷謀殺指控。但在調查的過程中，他不得不面對自己童年時的創傷事件，並揭開自己家族的真相。這兩本小說有一個共通的重點，馬汀透過瞭解更多自己與自己過去的往事，開始了一場場內心的情感之旅。

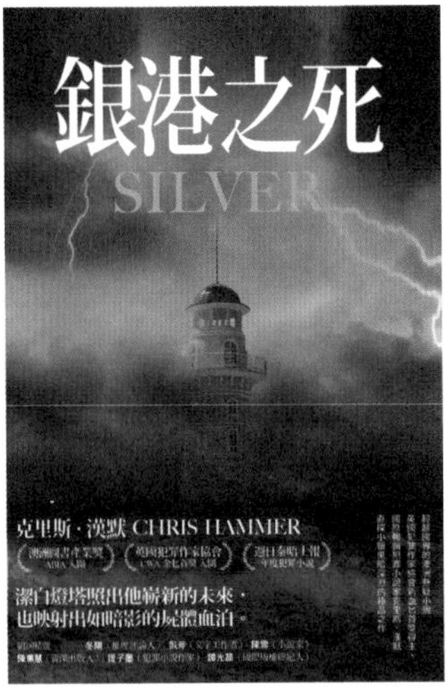

《銀港之死》(2019)
克里斯·漢默

《火燎連城》
(2023)
甘迪絲·福克斯

福克斯　我今年剛上市的新小說《火燎連城》(Fire with Fire)，講述了男女主角瑞安和艾兒喜的案件。兩年前，他們的小女兒在聖莫妮卡海灘失蹤了，由於對警方的不作為感到憤怒，夫妻倆劫持了一個法醫實驗室，裡面還有三名工作人員。

他們只給警方二十四小時，要警察們上下動員，為他們找到小女兒，否則將銷毀法醫實驗室內，所有重大案件的關鍵證據。我想嘗試一個想法，法醫實驗室是真相的神聖殿堂，裡面的一切都有嚴謹的程序。實際上，法醫實驗室裡充滿了人，而人都會犯下錯誤、變懶、受貪腐的影響。當然，小說中還有一名英雄角色查理，他願意去盡力嘗試在短短的二十四小時內解決那起被遺忘的失蹤案，而他身邊還有助手萊妮特，一位在上班第一天就被解雇的警界菜鳥。

八千子　《一萬個扭曲的祝福》最初是在角川網站連載，後來有幸獲得實體出版機會。故事建立在一個宗教狂熱下的奇幻世界，名叫莉茲・波頓的少女偕同醫生走訪各戶人家進行產檢工作，暗中也在追查三年前家族滅門慘案的嫌疑人下落。

儘管是奇幻背景的故事，但從女主角的名字就可以看出來，書中的內容其實和現實有不小的連結。對我而言有些主題如果以現實世界為背景會顯得太過沉重或嚴肅，小說的本質還是娛樂，所以想透過這本書去碰觸一些我在其他作品中不會討論的議題。同時也測試輕小說和Grimdark會擦出怎樣的火花。

目前系列預計三冊完結，倘若有興趣的讀者還請關注角川網站的每周更新。至於《少女撿骨師》，不久前有承諾讀者會繼續寫下去，其實新卷的大綱已經快完成了，只是遲遲找不到時間動筆，理由是因為一天只有二十四小時。

《一萬個扭曲的祝福》(2023)
八千子

迪希　「懷特系列」（The Wyatt novels）有九本小說，其中六本是早期的作品，另外三本是近期根據讀者要求寫的。我的主角懷特是一個專業的搶劫犯，他搶劫銀行、薪資運鈔車和珠寶店。這系列的焦點與一般犯罪小說的解謎或誰是凶手的議題不太一樣，讀者關注的是：「這次懷特可以逃脫嗎？」發想這系列時很有趣，我喜歡聽到讀者說：「我不贊同懷特的犯罪，但我希望他能贏得勝利。」

「查利斯和德斯特里系列」（The Challis and Destry novels），故事背景是墨爾本東南的一個中型警察局，位於莫寧頓半島上。我不想將這系列設在大城市，而是想讓讀者感受到一些獨特感，富裕與貧窮的極端對比、重大與輕微的犯罪、鄉村生活和城鎮生活，農地被新開的住宅區吞噬，學校不夠、社會福利措施有限，可能會產生的各種壓力和困擾。

兩位主角是當地性犯罪部門的負責人，當然還有謀殺案要調查。對我而言比謀殺案更有趣的，通常是造就它會發生的重大成因，是什麼？譬如在其中一本《斷訊》（Signal Loss）中，案子的背後其實是探討冰毒製造廠和販賣網絡，在鄉村地區所造成的嚴重破壞。

《荒涼路》(2013)
蓋瑞·迪希

台灣有出版的《荒涼路》（Bitter Wash Road）是「賀許系列」（The Paul "Hirsch" novels）的作品，背景設在南澳盛產小麥和羊毛的乾旱地區。那裡也是我成長的地方，即使十八歲後就離鄉去讀大學，它仍帶給我許多吸引人的想像。在《荒涼路》中，警員賀許的前同事及長官深陷貪汙指控，有的入獄，有的輕生，而他是活下來的那一人，也成為了人人喊打的「告密者」。他被調職至南澳偏僻的小鎮成了制服警察，那裡雜草叢生、塵煙四起，經濟衰敗，當地居民看來生無可戀，而且他們恨透了警察，他必須在那樣的生態辦案，並且重頭開始。

寫小說有時候要與時俱進　有時候也是要謹記初衷

許多讀者應該和我一樣，很好奇一名成功作家的寫作心路歷程，想請問各位從自己的處女作到最近出版的犯罪小說中，你覺得自己在寫作方面有多大的差異或變化？

洛勃森　我的第一本小說於二〇〇四年出版，自那時起，世界在許多領域發生了很大的變化，例如：科技、法醫科學、性別多元與醫學……等。因此，一本於二〇〇四年寫的當代犯罪小說，最終成為了一本歷史犯罪小說。我

克里斯・漢默
（Chris Hammer）

漢默是「馬汀斯卡斯頓系列」《烈火荒原》與《銀港之死》的澳洲知名作家。他的作品多次入圍與奪得澳洲、英國和美國的主要文學獎項。

在成為小說作家之前，漢默擔任過三十多年的記者，曾在SBS電視台從事新聞採訪，走訪了全球六大洲三十多個國家。他也曾在坎培拉擔任《公報》首席政治記者，《時代報》的資深記者，與《悉尼先驅晨報》的網絡政治新聞編輯。

官網：
chrishammerauthor.com

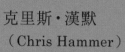

不認為我的寫作風格有顯著改變，我仍然秉持相同的理念，試圖塑造一些在讀者心中生動活躍的角色，他們才是讓讀者們關注、令他們笑和哭、讓他們咬指甲的關鍵人物。

漢默　我的所有作品都有相當複雜的情節，其中有幾條線索常是交織在一起。但我的小說在結構和故事展開方式上，有了更多的發展。在第一部小說《烈火荒原》中，結構很簡單：敘述是以馬汀・斯卡斯頓的視角呈現，並且按照時間順序來展開。

但到了我最新的一本小說，澳洲版書名是《傾斜》（The Tilt），而國際版則是稱為《亡人溪》（Deadman's Creek），在結構上發生了很大的變化。書中有三條交織的時間線和三個視角：現代的警探內爾・布坎南、一九七三年的一名十五歲女孩，以及二戰期間一位十一歲的男孩。

我真的很喜歡探索新的結構和說故事的方式，而且讀者們對這一本的反應非常好！

《烈火荒原》(2018)
克里斯·漢默

福克斯　我認為自己作品的複雜性和寫作自信方面，有了很大的成長。我更願意承擔起具有多條故事線，以及更多視角的大型情節，並且在支線的副情節與角色背景上，更放手去寫。我已經寫小說十年，這段時間聽過很多讀者的意見，他們很慷慨地告訴我喜歡或不喜歡的事物。有時候負面的反饋會令我受傷，但是當你聽到夠多意見時，你會開始注意到一些討喜的布局模式，實際上那些都是對作者有幫助的。

八千子　開始學會寫大綱了（笑）。如果有讀者記得前兩期的《詭祕客》，那時我還在〈莫比烏斯座談會〉中表示自己沒有寫大綱的習慣。經過這兩年的磨練，因為承接了不少商業合作案，大綱變成與案主溝通時的必需品，大概也是以此為契機，我開始認真鑽研大綱的寫法。

如今我在開展新故事前，一定會用 Google 試算表寫一個非常詳細的大綱。從最基礎的世界觀到人物設定，甚至各小節安排的伏筆、象徵或是梗都會詳細記錄。

文筆或劇本設計這些無法量化的能力很難說自己有所長進，但我想在作業模式上，確實有比以前更為謹慎與熟練了。

《白日將盡》(2022)
蓋瑞·迪希

迪希　我在說故事方面有所進步，現在能夠寫出層次更複雜，但仍易於閱讀的小說。我也成為了一名更出色的文字工作者，角色刻劃對我來說變得更加重要，因此能創作出像賀許那樣具有多個面向的角色。我更經常探討當前社會關切的議題，例如在《白日將盡》（Day's End）中，有探討新冠病毒、新冠病毒否認者，與反疫苗者的各種觀點。因為，身為作者必須理解，那些社會議題就是你筆下的執法者，常要去面對的警務日常。

真的需要用漂亮筆記本來發想寫作計畫嗎？

幾位作者在規劃撰寫一本犯罪小說時，您是否有特定的步驟或模式？各位與會者有好幾位都是既寫過短篇小說、獨立劇情的單行本小說，也寫過相同主角的系列小說，對你們而言都是依循相同的流程嗎？

洛勃森　我並不會事先去規劃我的小說，

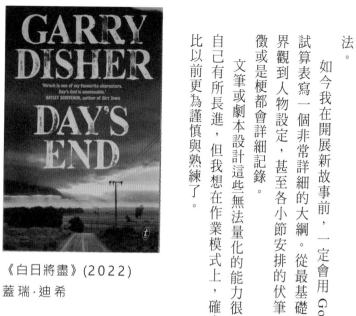

總是先從一個前提來出發，一個「假如」的時刻來發想。譬如有一個人在他應該出獄的前一天，卻逃獄了？有一名小孩在公寓大樓的頂樓與地下樓層之間消失了？有人發現他的父親竟然還有另一個家庭？

對於每個新的想法，我會問自己這樣的題材是否適合我現有的系列角色來講述？或者是否應該是一個全新角色的獨立劇情單行本？我的寫作過程始終如一，一步一腳印，一個字接著一個字，直到有了一個句子，然後是一整個段落，再來就是一個章節。

漢默　我通常會從一個場景與一個點子開始，然後在寫作的過程中讓它們逐漸演變。我喜歡嘗試新事物和探索新的點子，但是我的所有作品肯定都有引人注目的澳洲背景、角色與劇情！

最令我熱愛的一件事情，就是描寫主要角色們所經歷過內心與情感上的旅程，讓他們成為有缺陷且複雜的人物，而不僅僅只是二次元的探案者。我也喜歡塑造次要角色，並將他們寫得更有趣些，可能是陰險的、古怪的、幽默的或引人同情的。

福克斯　在寫作方面，我非常有條理，我會遵循自己的直覺，但並非是在寫作方式本身。例如，我不會起筆寫小說，直到腦海中的構思達到內容含量的百分之二十五。當寫到一萬字時，我通常會對自己的作品產生一些自信危機，需要向我的經紀人與丈夫請教意見，這在三萬字與六萬字時也會再次發生。

至於情節的安排，我實際上並沒有做太多的前置規劃，頂多會記下後面的幾個章節，會有哪些要寫的亮點，但不會覆蓋整本書稿。我希望自己能成為那種使用漂亮筆記本寫計畫的作家，我實際上買過很多漂亮的筆記本，但是從來沒有堅持下去。

八千子　構思階段很少有特定的模式，故事中有取材自現實生活也有可能完全是腦內戰爭。倒是在正式下筆前，我會先花一點時間翻閱相關書籍，相關書籍可能是學術論文，也有可能是敘事風格符合故事基調的小說，我認為在撰寫故事前進入Zone很重要，不只是為了融會角色情緒，同時也因為我寫的小說類型很多樣，就好像演奏前的調律一樣，要將自己的口吻調整到適合這篇小說的風格。這套方法無論是在單行本或系列作都適用。

迪希　不管是獨立劇情的小說，還是系列中的新作品，我都是採取相同的方式。首先，我會查閱我的點子文件夾，其中包括報紙文章、觀看真實犯罪節目時記下的筆記，以及在海灘散步或修剪花園時，突然閃現的「如果」想法的一些筆記。我瀏覽著那些文件夾，直到有一些點子在我心中引起激情或引發一些推敲，或者一個原本不完整的點子後來被另一個點子補齊了。

其中許多靈感在我的文件夾中保存了多年，直到它們「準備好誕生」的那天。《白日將盡》就是由幾個不同的剪報和點子組合而成的：一個荷蘭人來澳洲尋找失蹤兒子的故事、一個親納粹的組織購買了農地，進行祕密軍事訓練的故事、一些關於青少年網絡欺凌的文章，以及報紙上報導過犯罪家族偷竊弱勢族群退休金的審判報導。

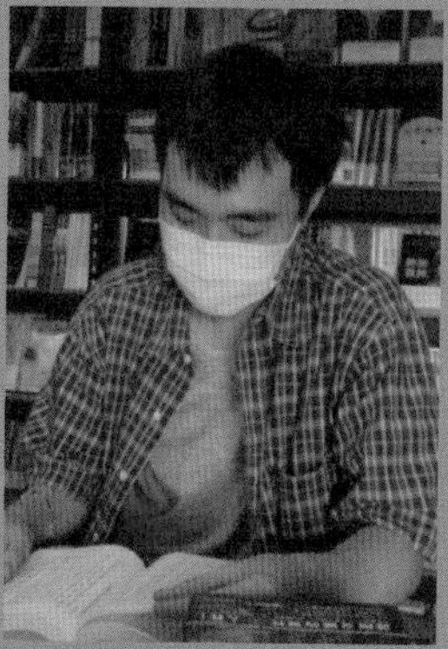

八千子
（Hassengo）

八千子是台灣的奇幻、犯罪與輕小說作家，畢業於英國萊斯特大學「化學與法醫科學」系，在海外留學期間的小說創作《證詞》，榮獲尖端出版的原創小說大賞。

興趣是每天早上都去幫一隻花貓拍照，跟雪茄店的奧吉一樣。連續三年獲文化部青年創作補助，作品入選2020與2021文策院Book from Taiwan，參與2021法蘭克福書展。《回憶暫存事務所》於文策院出版與影視媒合計畫獲獎，改編電視影集籌拍中。

IG:8000tzu

接下來，我花幾個星期進行規劃，從整體故事的脈絡開始，然後進一步完善，直到出現章節和場景。因此，我是一個計劃者，但永遠不會被計劃所奴役，我總會聽從內心的聲音，它會說：「讀者不會相信這個啦！」或「她不是那種人」。

犯罪小說揭示與警惕著讀者內心曾閃過的黑暗面

對許多新手而言，創作犯罪小說最困難的環節，應該是如何虛構出合乎邏輯的犯罪，與有機可循的犯罪心理。幾位作家下筆時，通常是如何解讀或洞悉罪犯事件和凶手的心理？

洛勃森　在我之前的記者和代寫作家的職業生涯中，有幸與保羅・布利頓（Paul Britton）合作，他是英國犯罪心理學的先驅之一，也是一位卓越的臨床心理學家。我和保羅合作撰寫過兩本記錄他作為犯罪心理學家職業生涯的非小說書籍，描述他協助警方逮捕英國歷史上惡名昭彰的連環殺手、強姦犯與兒童綁架者。我的犯罪心理學知識全歸功於此，就像我筆下的歐盧林與賽勒斯，這樣的角色也多虧從保羅・布利頓那裡學來的知識。

漢默　我不太會做大量的犯案研究，也覺得真實犯罪真的有點令人不安。相反的，我會試圖進入他們的內心世界，想像自己如果是他們的話，會是什麼樣的感覺。我通常不會以他們的觀點寫作，但對我來說，清晰理解他們的動機，非常重要。

福克斯　在我真實遇到一名殺人犯之前，其實已經寫過十二本小說，但是為了滿足我對造就連環殺手之謎的興趣，我寫信給聖昆廷（San Quentin）監獄裡，一位叫勞倫斯・比塔克（Lawrence Bittaker）的死囚。他是我聽過最惡名昭彰的連環殺手之一，因此我在信中詢問是否能夠去見他？我原本期待能遇到一位像漢尼拔那樣，充滿神祕與智慧型的殺人魔，但我發現他只不過是一名可悲又可憐的老頭子。他憎恨女人，但想招攬我成為他的新女友，據說他在世界各地已經有四名女友了。

他不願意承認自己在幾起謀殺案中的角色，將他所做的一切全都歸咎於他的殺人搭檔。就想瞭解殺人犯的動機方面，我那一次探監並沒有任何獲益。但對其他方面而言卻是心有餘悸，我瞭解了關於精神變態者的思維模式，以及一個人可以如何不關心另一個人，是否會遭受到痛苦而死亡。我也瞭解到這些人，是如何在我們社會中偽裝著自己，這已經令我毛骨悚然了。

八千子　我沒有特別思考過「如何理解犯人」，或者說我認為所有人都有機會成為罪犯，或在彼此的人生扮演混蛋。我一直相信他人的恨或痛苦只有當事人能理解，所以當我試著賦予一個凶手犯案動機時，我會盡可能避免過度渲染或解釋。比起說服讀者「他會這麼做都是因為某些原因」，我更喜歡去思考「如果人生遭遇同樣的事件我會變得如何」。

另一方面，也可能是因為大學時代同時接觸法律和犯罪學的課程，讓我變得不太喜歡替事情梳理出一個形象上過於清晰理性的脈絡。

迪希　我從來沒有理解罪犯者心理的困擾。當然，是因為我讀了很多關於犯罪行為和聯邦調查局心理分析師辦案的資料，大部分邪惡行為源於日常情緒：愛、慾望、貪婪、失望，和對報仇的渴望。我們都曾經感受過這些情緒，只是大部分的人不會採取行動。我認為犯罪小說之所以吸引人，是因為我們內心黑暗的那一面，那些想以完美犯罪去報復，某些曾經背叛過我們的人，但是卻透過作家的小說去揭示了自己的那一面，讓讀者能夠大嘆一口氣：「如果沒有上帝的恩典，我可能也會像書中的凶手那樣，不小心走上殺人的不歸路。」

寫小說可在修改真實犯罪的基礎上　創造出不同的劇情真相

關於選擇故事題材與事件方面，各位作家們筆下的情節，是否常受到特定真實事件的啟發？如果不是，通常是從何處獲取小說最初創作的靈感、想法？

洛勃森　我大部分的小說靈感都來自真實事件啟發，那些事件有可能是我在報章雜誌上讀到的，或是我從事記者時報導過的。也有些是發想靈感時，將前述兩種真實事件融合在一起。

漢默　我並不會刻意根據現實事件或真實人物來設計劇情，但回顧起來，有時候現實世界的影響確實偶爾融入了我的小說之中。很多時候，我也完全不知道那些想法是從哪裡來的！

福克斯　我通常受到真實犯罪案件的啟發。如果有一起犯罪案件深深困擾著我，我就會追蹤那一條綫索。我是那種很難會被干擾而心神不寧的人，在我的成長過程中，我家類似是中途之家，母親陸續收養過一百五十五名孩童，而我父親則是在監獄工作了三十年，所以我算是見過不少光怪陸離的事物。因此，當有一起案件會深切觸動我時，通常代表我內心的經驗檔案，未能解答我對那起案件的疑點。

我對那些表面看起來犯案動機很直接的真實犯案，也常會在腦中天馬行空。舉如，一名男子被發現死在妻子身邊，看起來是用手中的那一把手槍自殺了，聽說是因為他們的經濟窘困，會尋短好像是很合乎常理。然後我會思索，如果不是那樣呢？那又會有什麼隱情？

八千子　如果是以現實為背景，那麼受到自己的生活經驗影響幾乎是必然的。例如《少女撿骨師》，也許關係不能說非常緊密，但每一冊的主題都是取材自歷史事件。有些事情對台灣人可能是不可抹滅的記憶，有些則是僅藏在零散文獻中，若不是特別調查一輩子也不可能接觸到。

而就算不是以真實事件為基底的故事，在劇情的編排上也很難不受到現實人生的影響，我認為這是每個作者都無可避免的問題，但也不認為這是缺點。

台灣的小說文化有個特性，許多人尋找這本書是否本土化時第一個看的是人名、第二個是地名，好像只要小說中使用台灣人名與地名就完成在地工程了，而且這並不是個單純的笑話。

所以近來的創作我不再拘泥於是否需要投入本土要素，畢竟語言是種刻在血與肉的文化，就算想擺脫它，它還是像幽靈如影隨形。

迪希　就如前面所提到的，我有一個收集點子的文件夾，包括報紙文章、觀看真實犯罪節目時記下的筆記。我通常會從真實事件中尋找靈感，但只是作為撰寫自己版本的跳板。寫小說可在修改真實犯罪的基礎上，創造出不同的劇情真相。例如，我會改變真實犯罪中的結局，引入未參與的虛構角色，刪除掉原本參與事件的真實人物，讓不同的角色成為受害者……等等。

甘迪絲・福克斯

（Candice Fox）

福克斯是九本劇情獨立的犯罪小說的作者，其中有三本曾榮獲澳洲著名的「奈德・凱利獎」最佳小說。目前有多部電視和電影改編作品正在製作，其中以她最暢銷的小說《緋紅之湖》（Crimson Lake）所改編的八集電視劇《熱帶情緒》（Troppo），已於2022年二月在澳洲播映。2015年起，福克斯開始與美國知名作家詹姆斯・派特森（James Patterson）長期合作，合著的一系列七本小說都登上《紐約時報》暢銷書排行榜。

官網：

candicefox.org

能寫出真實感　比每一個細節完全符合現實更為重要

我很好奇各位收集參考資料與田調的方式，通常是如何進行小說中的故事背景、專業工作，或人物角色上的參考資料研究？每一本小說大約會投入多少時間，收集參考資料或田調？

洛勃森　新聞業是我的第一個職業，讀者可在我的小說中端倪出蛛絲馬跡，因此我非常重視參考資料的研究工作。我甚至會穿街走巷，只為能描述出建築物的實際場景；與專家們交談切磋，確定能核實每一個細節。

同時，我也很注意不讓收集資料的研究工作，淹沒了故事本身的劇情走向。因此，通常我會等到小說的第一稿完成後，才再進行非常詳細的相關資料研究。

漢默　我也是擔任過三十年的記者，因此非常了解如何進行資料收集的研究。事實上，現在我更熱衷於編造故事！所以，我不會做很多前置的研究工作，更可能是在完成前幾個版本的稿子後，再去進行真實資料的核查。我認為能寫出真實感，比每一個細節都完全符合現實更為重要。

福克斯　我的整個生活都是研究！因為，你永遠不知道什麼事件，可能激發你的靈感寫出一本小說，或者是如何信手拈來一個真實的新角色。我的小說中有建築師、醫生、律師、殺手……等各種職業的角色，因此需要瞭解這些職業是如何運作，以及這些職業的專業人員的吸引人之處。

最近，我不得不花很多時間與消防隊員待在一起，因為我正在寫一群涉入搶劫案的消防隊員。我非常幸運，能夠直接走進一個消防站，向他們展示我的犯罪小說，告訴他們「我真的是一名有出版過作品的作家，不會浪費你們的時間。」

在我作家職業生涯的初期，當我想要向某方面的專業人員取經時，最困難的就是要讓對方相信，你不會白白浪費傾囊相授的時間，最後卻始終沒在市面上看到你的小說上市。

八千子　我很少會為了撰寫某部故事，積極去尋找資料。更多時候是因為先對那些文獻或研究有興趣，才思考如何將它轉化成一部故事。所以如果我決心開展某項作業，那通常意味著我已經找到所需的資源了，後續的資料蒐集，則更像是在進入前述所提過的 Zone 之前發現的小彩蛋。

《天雷無忘(上)》
(2020)
八千子

到這個階段才加入的彩蛋往往是作者自己的喜好，我很喜歡在故事中埋藏與劇情沒有太大關聯的彩蛋，有時候甚至連句子本身都是採用某種與前人作品有關的戲仿，並期待有讀者發現。我很享受這個與讀者建立默契的過程。

迪希　Google 是我很常使用的工具，我確信在撰寫時確實有些事情可能會搞錯，但是我又不希望劇情出現太明顯的錯誤，讓讀者分心了。例如，我曾經讀過一本美國犯罪小說，作者描述凶手從他的左輪手槍取下了彈殼，但事實是——左輪手槍並不會彈出彈殼。

在開始著手查利斯和德斯特里系列之前，我還花了時間去當地警察局，與警探以及制服警察們交流。我的手足當中曾經有人當過內陸地區警察，在我寫賀許系列的小說時，這位弟弟確實派上了用場。然而，重要的還是避免過度加入密集的研究材料到劇情中，我們不應該讓劇情或故事中的角色，迷失在過多的ＩＴ技術、武器安全系統……之類，旁枝末節的科技迷林之中。

如果無法每天寫下去　我會害怕那種魔法會消失了

歐美文壇中，常會將作家們寫小說的模式，粗分為 Plotter 或 Pantser，各位覺得自己是前者「一名詳細規劃的作者」？還是後者「一位憑直覺天馬行空的作者」？也談談看成為作家後日常寫作的慣性吧。

洛勃森　當我開始寫一本小說時，我從不知道它的結局。我通常是透過一個議題來起筆、創造角色、讓故事自然展開。這聽起來或許有點可怕，像是空中飛人沒有安全網的寫作模式，但也非常令人興奮。因為，我每天都會對自己的角色與劇情有新的發現。我認為，如果連我自己都無法預料情節的起伏，那麼讀者閱讀時也會有同樣的驚喜。

對我來說，寫小說就像呼吸一樣，這就是為什麼我必須每天都寫，無論是生日、節日還是紀念日。如果我無法每天寫下去，就會害怕那種魔法會消失，會迷失在角色和劇情之中蹉跎。

漢默　我絕對是即興創作派的作者！雖然我也很希望成為詳細規劃的作者，因為那聽起來效率很高。但如果我嘗試那麼做，可能會因為有效率的計畫，而想出了更棒的靈感，很快就放棄了那個激起我起筆的原始劇情。畢竟，我在完成初稿前，對小說的整體形狀和一些情節與線索，都還沒有清晰的想法。

我是一位全職作家，大多數是在早上寫作，在我旅行時也依然如此，很擅長行動式的寫作：在火車上、機場內、咖啡廳……等地方。下午時間大多被行政工作、家務、運動等填滿，但這通常也是我產生好點子的時候！在過去五年中，我每年寫一本書，隨著時間的推移，對自己小說的創作也變得越來越執著。

福克斯　我不太計劃，也沒有固定的日常寫作習慣，因為我有一個快四歲的小女兒維奧莉特。當她去幼兒園或祖父母家時，我才能寫作，但如果她生病了，工作日也就泡湯了。而且，寫作和創作藝術都是非常情感化的體現，如果情緒無法入戲，我就下不了筆。

在一本小說起筆時，靈感常如泉湧而至，有時一天可寫下三千多字。但是接下來，我必須在劇情中奮力掙扎，有時每天只能寫下兩百個字或更少。此外，寫小說只是作家工作的其中一環，你還要去圖書館演講、與讀者通信、協商合同、接電話，進行參考資料研究、捕抓靈感，各種運動的工作。

八千子　雖然前面說現在養成撰寫大綱的習慣，但本質上我的初心並沒有與剛出道時差太多，依然是遵循直覺寫作，所謂直覺，就是自己認為應該會有趣的東西。也因為如此，我的作品並沒有統一的風格，很多時候甚至是完全相反的。會有這樣的結果得歸因自己常不滿於現狀，想多嘗試新題材。

至於日常習慣，通常我會先花至少半小時閱讀其他小說（也就是進入狀態），再花時間把昨天的進度重新修潤過一遍才開始新的段落，算是給正式開工前的一點緩衝吧。

迪希　讀過我前述一些收集資料與規劃的

蓋瑞・迪希
（Garry Disher）

迪希的作品涵蓋各種類型文學。他在國際間的聲譽日益增長，曾經巡迴訪問過德國與美國，迪希的小說在德國是年度最佳犯罪小說榜單的常客，也為他贏得各種獎項。

作品中以警察賀許為主角的系列作屢獲討論，呈現了澳洲內陸神祕之感，冷靜、克制的風格又帶點詼諧，引領讀者走入推理的迷宮，人物的感知、情感微妙的變化，同時深入當地文化。

官網：
https://garrydisher.com

步驟，應該不能瞭解我是哪一類的作家。我的日常慣性是從早上八點開始寫作，直到午餐時間。每周寫作六日，不管是否有寫作的慾望，我將其視為上班。我下午不寫作，但可能會將早上手寫過的一些點子輸入到電腦上。其實，那也相當於在謄寫第二版初稿了，因為我在手寫與電腦輸入時，已是在重新閱稿與思考合理性了。

將寫小說視為一生的追求　而不僅僅是追求一本完美的處女作

幾位作家的作品都有在歐美與亞洲國家上市，能否給那些對寫小說充滿抱負的台灣或亞洲的讀者們，一些關於寫作心法或其他方面的建議？

洛勃森　將你的點子寫下來，不斷地寫下靈感並持續創作，因為那是進步的唯一法則。當你閱讀時，要學會拆解小說中的內容，瞭解劇情是如何運作或不運作，當你知道如何讓它變得更好時，就是一位作者了。

漢默　一、嘗試享受寫作，不要給自己太大壓力。二、將寫小說視為一生的追求，而不僅是追求一本完美的處女作。三、動筆寫，我不會等待靈感開始才動筆寫作，事實上我發現正好相反，每當我面對電腦約半個小時後，靈感和點子就開始湧現了。

福克斯　如果你所在的國家有出版經紀人制度，找一個經紀人，不要試圖自己聯繫出版社，你的書稿只會和其他人的投稿堆積在一起，出版社並沒有時間和人力來認真對待這些投稿。你也必須確保書稿第一頁和第一章，能迅速吸引讀者進入主角陷入的麻煩處境，以及與他們情感有所連結的角色中，也就是需要讓讀者關心正在閱讀的那些角色，並希望角色們能夠盡快脫離險境，然後接下來的幾百頁，你就是要確定不讓角色們那麼容易脫離險境。

八千子　認清自己想要成為怎樣的作者是最重要的。「好作品自然會被看見」當然沒這回事，這個世界不是這樣運作的。如果你想要成為受人追捧並以此維生的作家，那就要花遠比寫作更多的時間自我行銷、廣結善緣。如果你只是單純想要寫些自己喜歡的故事，那就不要太去在意外界的眼光。

也許很多人會覺得作家的工作就是把故事寫好，但實際上字裡行間外的世界才是真正會消磨你熱情與精神的原因，所以千萬不要讓自己的人生被寫作這唯一的選項綁死。

迪希　要低頭寫寫寫，而不是空口說著想成為作家；要成為一名讀者並廣泛閱讀（雖然我的許多寫作學生並不是愛讀書的人）；堅持不懈（我的許多寫作學生在收到第一封退稿信後，就放棄了）；天天寫作，而不是每隔六週才爆發一次；沉浸於寫小說的文化中（閱讀書評、加入作家組織、參加各種講座）。

讓我有足夠空間去探索新奇與刺激點子的畫布

幾位作家接下來或目前正在撰寫什麼樣的小說？在未來的一、兩年之間，你的讀者們可期許會讀到什麼樣的小說？如果可以的話，能否在不劇透的情況下透露一些正在進行中或計畫中的創作？

洛勃森　我正在撰寫賽勒斯系列的第四本小說，書名是《Before You Found Me》，劇情依然環繞於賽勒斯和艾薇。這次賽勒斯要調查一艘在英吉利海峽被蓄意撞翻的移民船，導致浮屍漂上了一處觀光海灘。這一起悲劇也引發了艾薇的某段記憶，或許終於可解開她神祕的過去。

漢默　我即將在今年十月推出一本新的犯罪小說《The Seven》，同步在澳洲和新西蘭發行，大約是明年初也將在多個語系的國家出版，書名為《Cover the Bones》）。這本小說再次採用了三個視角和三個時間線，我目前幾乎快完成了，對它非常滿意！就目前而言，我很樂於寫犯罪小說，那就是一幅非常廣闊的畫布，讓我有足夠的空間去探索新奇與刺激的點子！

福克斯　正如我前面提及，我目前正在撰寫一本關於紐約消防隊搶匪的故事，一群消防員利用他們救火的技能與專業的知識，進行了一系列的搶劫案，可能還會有一些謀殺。一位臥底警察滲入他們的團隊，想將他們繩之以法……

寫小說是我夢想的工作，所以我永遠不會停下來，我目前每年撰寫兩本小說，我也迫不及待想讓台灣的讀者們享讀這些作品！

八千子　我會先把《一萬個扭曲的祝福》寫完。另外考慮到雜誌出版的時間點，那時應該又有兩、三本新書上市了。其中一本同樣是角川網站的連載實體化。另一本則是遊戲改編小說，基於本雜誌是部老少咸宜的刊物，請原諒我無法透漏更多細節。最後一本同樣是合作改編，預計要復活某個曾經因為大人因素沉寂一陣子的知名在地ＩＰ。

算算距離截稿日好像只剩下三個月，上述作業卻有過半連一個字都還沒動。希望幾個月後拿到雜誌實體書的我看到這段話笑得出來。

迪希　我目前正在寫一本獨立劇情的單行本小說，講述一名年輕女性竊盜者的故事，她首次出現在查利斯和德斯特里系列中。她一直以來都在我耳邊呢喃，希望她的故事也能被寫

《午夜消失》
(2019)
甘迪絲·福克斯

出來。另外，我還有賀許系列五本小說的合約要履行。

再次感謝來自澳洲的犯罪作家們與八千子老師珍貴的創作經驗分享，給予「台灣犯罪作家聯會」與「尖端出版」此次彌足珍貴的紙上跨國論壇，不但帶給亞洲華文讀者們不一樣的犯罪文學研討，也讓我們學習到各位作家們在創作小說上的心法！

採訪者簡介　提子墨（Tymo Lin），小說作家、書評人與翻譯。英國犯罪作家協會、加拿大犯罪作家協會、台灣犯罪作家聯會會員。二〇一八年以《幸福到站，叫醒我》參展德國「法蘭克福書展」台灣主題館、第四屆「島田莊司推理小說獎」決選。目前旅居加拿大。

克里斯．漢默與邁可．洛勃森

創新的靈魂與不滅的熱情

柄刀一談北海道 Mystery Crossmatch

口述／柄刀一
紀錄．翻譯／八千子

我想發掘那些傑出的作品，讓它們被世人看見，讓大家有機會品味蘊含在其中的樂趣。

——柄刀一

以島田莊司推理小說獎為契機，越來越多華文創作者開始嘗試在小說中安排複雜的詭計。不知道對老師而言，本格詭計蘊含著怎樣的魅力與技巧呢？

我認為靈感永遠是最重要的。你必須時刻保持敏銳，舉凡電影、報紙、電視新聞，將任何你所聽到、所見到的事物作為靈感的泉源聯繫起來。雖然俗話說「盡人事聽天命」，但如果人事未盡，天命自然也沒理由造訪。也許當下你吸收的新知無法立刻在作品中派上用場，但它對你而言將是隨時可以從腦中汲取並利用的寶物，並會化為自身實力的一部分。

最近我在閱讀其他作者的作品時，就從書中的不可能犯罪詭計獲得了靈感。儘管手法是利用線與大頭針，非常古典的詭計，我卻還是從中得到啟發。雖然人們常說靈感源自於不健全的思維（笑），但我認為如果你能靈活地將你所接觸到的資訊串聯，靈感自然而然就會造訪了不是嗎？

在台灣的創作環境中，社

會派作品似乎往往比本格派要更有人氣一些。關於兩種創作派別的差異，老師又是如何看待的呢？

如果只從現實角度取材，詳實紀錄社會上人們的糾葛與苦痛，那樣的作品似乎稍嫌無趣了些。我認為小說最主要的樂趣來源果然還是謎團。我的作品常常被人以「柄刀式浪漫」形容，但其實書中所提及的天文、考古等雜學本身就極具魅力，我想將這種特有的浪漫擴展到謎團上，並讓讀者能在閱讀時一同樂在其中。就如同雷諾瓦刻意以非寫實的手法繪畫一樣，我也希望能在作品中投入虛構創作特有的浪漫。它可以是幻想與殘虐性的相互交織，也可以是某種原理或概念的拆解及組裝，甚至是各種不同方向性的搭配組合，我認為透過這種方式，不僅能提升對作品的感受性，也可能開拓出嶄新的創作路線。這也是我認為能否創作出他人所無法複製的詭計或作品的決勝關鍵。宇佐見博士就是一個典型的例子，我就是透過這種方式建構其系列作的世界觀。雖然小說創作一直都存在詭計至上主義的風氣，但我想只要順從你的思維與心情，就能夠找到屬於你的謎團與故事。

想知道老師能維持創作能量的祕訣是什麼！

我喜歡推理小說。僅僅是這個理由就可以讓我持續閱讀它們。話雖如此，其實我曾經有好幾年都維持在腦中有靈感，卻無論怎樣都沒辦法下筆的狀態。說到這裡，不禁覺得像有栖川老師那樣能持續站在第一線奔走的作家真的很讓人敬佩。

柄刀一

推理小說作家。筆名來自約翰・狄克森・卡爾。
1997年，以『3000年の密室』獲時任鮎川哲也賞評審委員有栖川有栖盛讚並出道。作品以本格詭計及獨特的幻想性為特色，並多次入圍各項推理大賞。

在沒辦法保證還能不能寫出新東西的狀況下，抱持著類似聽天由命的想法才讓我撐了過來。然而這不代表那段期間我沒有積蓄任何靈感，實際上依然有各式各樣的點子浮現在我腦海中，我將這些想法保存起來，轉化成未來創作的能量，最後也成功促使國名系列的問世。

撰寫小說時最辛酸的記憶是什麼呢？

原本覺得應該是出道前那段投稿卻不斷落選的日子，但因為我喜歡寫作，所以創作和投稿的過程對我而言也是很美好的記憶。這樣看來沒有東西能寫說不定才是最痛苦的，幸好這種情況並不多見。

我曾有過因為嚴重的胃潰傷而不得不暫停寫作的經驗，那時整個身體的健康都出了問題，儘管如此我依然認為自己很幸福。能夠擁有讀者，並獲得出版社的信賴，得以持續發表新作品都讓人由衷地感謝。

找不到想寫的故事、作品沒有合適的發表場所、有想寫的東西卻寫不出來，都讓人感到相當痛苦。「想讓新人們有一個可以伸展拳腳的舞台！」Mystery Crossmatch 其實就是在這樣的想法下所誕生的。

老師剛才提到了 Mystery Crossmatch，想請教 Mystery Crossmatch 從創立發想至今，經歷了哪些變化呢？平常又是如何運作的呢？

正如我曾在《本格推理小說 Best 10》的訪談中提過，過去的經驗讓我很能體會新人作家面臨的困境。像是被告知要專注經營系列作角色、要針對市場性設計賣點，甚至是直接按照編輯的要求下筆，但如此下去真的沒問題嗎？自身真的能從寫作中收穫樂趣嗎？

因此我想創造一個能夠盡情讓作家發揮的場所。札幌有許多很棒的作家、評論家和漫畫家，所以我們刻意讓比賽評選的流程跨越各自的領域，規避熟人間的影響以確保選材的公正。如果大家都能毫無保留地寫出自己喜歡的故事，那未來一定會有更多人願意參與，而我們也得到結識這些潛力作家的機會。目前的選別方法大致是承襲自《本格 Best 10》，但也會因為成員們的意見保留議論的空間。如果有任何疏漏的地方，會立刻向成員們諮詢，並由大家共議出新的決策。

第一回 Crossmatch 結束時，心中是抱持著怎樣的想法或感觸呢？

希望大家能如此繼續創作下去。當然如果因為時間關係而無法參與的話也沒關係，這代表工作變多了，應該要感到高興才是。另外我們其實也有徵集評論的稿件，有點意外的是評論這部分反而沒有人投稿呢。

Crossmatch 的成員都是如何募集的呢？

不僅限於札幌，想讓成員範圍能涵蓋至整個北海道。另外其實和居住地沒有直接關係，新成員的加入都是由目前的成員共同表決決定的。

Crossmatch 非常注重創作的多樣性。其他例如亂步賞的選材方向基本已經確立了呢。

是這樣沒錯。透過嚴格的審查與評鑑，我們希望這些回饋能夠成為讓作品成長的助力。

最初決定創辦 Mystery Crossmatch 是否就已經決定好要配合實體刊物的發行活動了呢？

從舉辦比賽開始我們就決定要配合刊物發行了。對此我有兩個期許，一是透過網路以及讀者的回饋讓更多人認識 Crossmatch，二則是出版作品集。原本我是想透過自費的方式實現這個目標，幸運的是有

關於
Mystery Crossmatch

2019 年，由北海道推理作家柄刀一創辦，以「推理小說的綜合格鬥競技場」為活動宗旨。集結作家、評論家等來自各專業領域人士，每年舉辦名為 Crossmatch 的競賽，發掘包含小說、評論與漫畫等具潛力的推理創作並加以推廣。

一間九州的出版社願意協助我們一起完成夢想。

今年（2023）老師即將有新的長篇巨著發表，很好奇是怎樣的作品！

是一套三部曲。內文至少一千頁以上，光是閱讀目錄就讓人感到相當興奮。不過不會像二階堂先生的人狼城一樣超過四千頁啦。

最後想請老師對台灣的後輩作家及讀者們說句話。

請不要因為沒能過稿就放棄創作。我也是創作了十幾年才終於獲得出道機會。有人曾告訴我，我的才能就是永不放棄。俗話說「機會之神是可遇不可求的」（機會之神只有瀏海而已）（チャンスの神様には前髪しかない）一旦錯過了就再也無法掌握，所以要繼續寫下去，相信機會總有一天會來臨，並在那之前努力拓展自己的知識量，提高自身的水準，持續累積實力。

接下來你可能會發現出道後才是最困難的，因為理想的出道模式絕對不是第一本書滿分，第二本書只剩下八十分，即使寫了很多本書，如此每況愈下，最終也會被讀者遺忘。因此有時你必須勇敢告訴編輯，為了寫出能滿意的作品請他稍等一下，給自己足夠的時間消化與精進，就好像爬樓梯一樣，永遠別停下腳步才能攀上新的高度。

至於各位讀者們，我希望大家盡量不要被排行榜或行銷手法左右，能夠找到真正符合自己喜好的東西才是最重要的。希望大家都能夠撥冗走進書店看看，尋找喜歡的故事。如果單純標題和封面就能吸引讀者，對作者也是值得開心的事。要是對目前的當紅作品抱持負面評價也沒有關係，不如說這樣也許能夠讓那些銷量平平的作品獲得更多被人看見的機會呢！

既晴與柄刀一

創新的靈魂與不滅的熱情 柄刀一談北海道Mystery Crossmatch

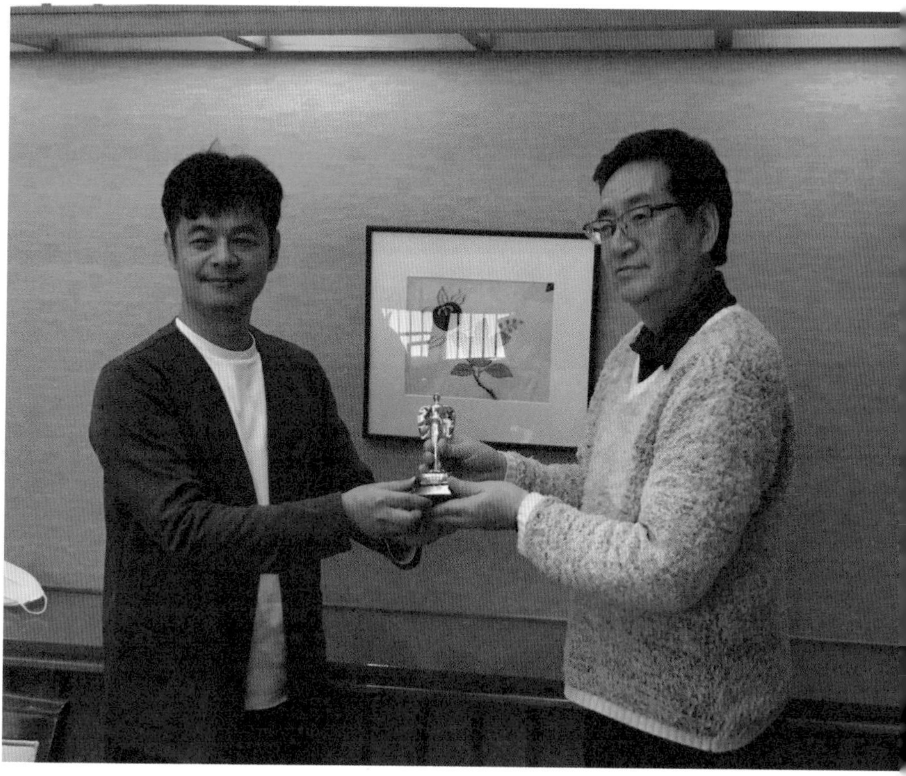

島田莊司的世界之旅

《*CriMystery*》2023 訪談

能否請問您是如何第一次接觸到「本格 Mystery」這個名詞的呢？

我已經不記得這是何時何地了。但是，我漸漸地感覺到，除了一般的推理小說之外，還有一種更高級、更有智慧的類型，應該被稱為「Mystery」。這種感覺，從我童年時期一直持續到大學時期。

然而，這種模糊的感覺，來自這個名詞混亂的使用方式。事實上，它被濫用於書籍的宣傳。無論是刻劃人性的社會派作品中，為了突顯優點，或是在波瀾萬丈、水準超凡、令人手心出汗的娛樂作品中，令編輯大受感動，這個名詞也會被印在書腰上。

後來我得知，一位名叫甲賀三郎的日本作家創造了這個名詞，也知道了「變格」小說、「推理小說」這些名詞的存在。然而，由於種種複雜的原因，我們並不知道這些名詞是指哪類小說、定義為何，使用時該滿足什麼條件，甲賀三郎也沒留下任何相關說明。因此，這些名詞經常廣泛地用在商業活動中。

就在我出道的時候，「本格」這個名詞的使用日益頻繁，正值新本格遊戲型作品的崛起期，因此，可疑的宅邸、密室中的屍體、名偵探的現身、意外的犯人等情節被視為必要條件，尤其出身於 Mystery 研究社的作家們更是經常提及。然而，這樣的作

法可能無法準確地指出這股熱潮的重要作品，如《殺人十角館》、《斜屋犯罪》的獨特之處。

依照我的感覺，這個名詞是類型中更高層次、最具魅力的一部分，使用時必須展現出魅力元素的集大成。這個名詞必須精確地被表達，使得更多傑作、名作的誘導力得以發揮，留在創作者的腦海中。

想請您談談一九九〇年代在洛杉磯旅居的經歷。

一開始與本格Mystery完全無關。當時我對車子的興趣非常濃厚，有位車友是汽車技師，他的兒子要參加摩托車大賽，全球決賽就在加州，於是我前往聲援，在洛杉磯這個自

從汽車問世以來就建造的城市遊歷，深深地愛上了這座城市。詳述這段經歷太冗長了，會變成一本汽車雜誌了吧。

我拿到社會安全號碼、加州駕照，當做身分證，開了銀行帳戶、租了房子。這些挑戰，讓我成為了洛杉磯市民，非常有趣。我旅居後不久，電動車出現了，我也開始熱衷於此。

那時，我已不再是新人作家，成為資深作家，不必待在編輯身邊。因為不再需要反覆改稿，只需交稿，即使人在北極也沒關係。網路時代後，即使是長篇小說也可以在瞬間內送達出版社，不再像以前一樣，校對人員需要穿著木屐、活字印刷也不再到處都是黑色

方塊，住在外國不會成為障礙，FedEx的便利，也讓校對不會成為問題，從來沒有編輯抱怨我不在日本。相反，我交稿速度比在東京時更快，因為我會遵守截稿時間。

我在美國生活了十幾年，收穫豐富。現在回想起來，就像留學一樣，我學會了日常會話程度的英語，能理解美國人的笑話，生活中各種想法、感受、嗜好等。我甚至變得擅長描寫英語系社會和人際關係。

後來，我認識了翻譯《占星術殺人事件》的羅斯・麥肯齊（Ross MacKenzie）先生、住在紐約的約翰・帕格邁亞（John Pugmire）先生，對我來說非常幸運。當我請求羅斯翻譯時，出版社還沒有任何計劃。我相

信只要有完美的英文手稿，一定能夠解決問題。在英文手稿完成了七成時，幸運的事情發生了。日本文化廳宣布了一個預算，啟動了國產小說的出口計劃。而《占星術殺人事件》被選為候選作品之一。因此，《占星術殺人事件》成為了第一個完成英文翻譯手稿的作品。這是我人生中最大的幸運。

帕格邁亞先生說，他會在他自己的小型出版社LRI發行，接著第二個驚人的好運降臨了。英國的大報《衛報》舉辦了一個名為「史上十大不可能犯罪小說」的企劃，而《占星術殺人事件》竟然排名第二。據說選擇這本書的，是活躍的英國作家艾德里安・麥金提（Adrian McKinty）先生。真

是令人驚訝。他偶然讀了這本來自這家小出版社的《占星術殺人事件》。

我找來這篇文章，發現連艾勒里・昆恩、阿嘉莎・克莉斯蒂和福爾摩斯探案都在其中，我還以為是個整人玩笑呢。順帶一提，第一名是約翰・狄克森・卡爾（John Dickson Carr）的《三口棺材》。

接著，我收到了倫敦的普希金出版社（Pushkin）想要與我聯繫的消息。英國人非常信任《衛報》，他們說一定要出版我的書。但是我不想背叛我在美國認識的出版商朋友，對普希金也不熟，婉拒授權，但普希金的女編輯仍然堅持說，北美地區交給帕格瑪先生，其他地區，包括英國、澳大利亞、紐西蘭、加拿大和南美洲，都希望由他們來銷售。

我有些為難，向約翰講述了事情的經過，他很驚訝，說普希金是全球知名的出版社，不好拒絕。他是英國人，對英國的情況很了解。他展現了英國的紳士風度，表示他會退讓，並替我打電話給普希金，協商細節，最終取得了有利的協議。

這真是太好了。在《占星術殺人事件》和《The Tokyo Zodiac Murders》能夠成功在英語圈發行的背後，有著這樣的軼事。從普希金版開始，它發展成了法國版、義大利版、保加利亞版、俄羅斯版、立陶宛版、愛沙尼亞版等等。現在，它也在以色列版和拉脫維亞版上發展。

因為我欠了約翰很大的人情，所以從那時起，每當他為日本的犯罪小說進行英文翻譯並出版時，我都會寫推薦文放在作品開頭。

他與美國的《艾勒里・昆恩推理雜誌》的總編輯也很熟，為我提供了在雜誌上發表短篇小說的機會。現在已經發表了三篇作品。這使我成為繼夏樹靜子和松本清張之後，日本作家中發表次數排名第三的作家。

雖然起初是從對汽車的興趣而開始的美國之旅，但是現在已經延展為亞洲犯罪小說的發展，變得更加有意義了。

從《季刊島田莊司》到《本格ミステリー・ワールド》的

變化，作為本格 Mystery 的發信源，請問您有何看法？

製作《季刊島田莊司》時期非常開心。除了小說、隨筆、論文之外，因為當時剛好在洛杉磯，所以介紹了一家獨特的餐廳，用麵粉製作出外觀逼真的鮮蝦、魚肉等中國菜；一家以滑輪溜冰女孩為賣點的店，以及其他有趣的店家。美國人擅長發明有趣的點子，所以介紹這些在日本不常見的奇特店家，拍照並分享給大家，真的很有趣。

當時我對汽車也很有興趣，正值電動車興起的時期，因此我寫了一些新車介紹、試駕保時捷新車、在加州的有趣駕駛體驗等文章。我還寫了一些本格 Mystery 的論述、日本歷史的新解。

我夢想著，《季刊島田莊司》的所有文章都親自撰寫，接受與日本完全不同的環境刺激，從煩心的事務中解脫，隨著執筆的衝動不斷地寫。收錄的小說都是短篇，但如果必要，也可以發展為長篇小說。我想以這部季刊為出發點，從中選出可以交給各家出版社的作品。

但這是不被允許的。《季刊島田莊司》的提案人是原書房。這麼一來，原書房將獲得過大的利益。如果季刊的出版社是從《占星術殺人事件》即開始合作的講談社，或許還有可能，但規模較小的後來者原書房，勢必面臨我必須接受講談社、光文社和文藝春秋等大出版社的長篇小說提案。再者，《季刊島田莊司》被定位成一本綜合性的雜誌，希望涵蓋各種內容，這在體力和時間上都是不可能的。

由於提案者高橋編輯的去世，我開始忙於各種事務，例如新人獎、新人推薦、雜誌連載、作品影像化，甚至是歌劇製作等等，最終不知不覺地停刊了。這是非常遺憾的事情。然而，對於像我這樣從事多種創作的人來說，這樣的出版形式可能是必要的。

《本格ミステリーワールド》是由我的朋友二階堂黎人先生提出的構想。他推動這本刊物的動機，是因為他對於媒體上年末推薦的 Best 10 排行

榜感到不滿，因為這些排行榜與創作的本質相去甚遠，充滿了各種不純的動機，與真正的價值背離，這讓他感到非常憤怒。我基本上同意他的意見。

過去據說沒有謎團成分的冒險小說能在 Best 10 獲得名次，是因為冒險小說家非常團結，前後輩經常喝酒凝聚感情才能動員投票；刊載 Best 10 的出版社，與書籍銷售的商業關係，也會影響投票人；一個作家寫得再好，若已經出道十年，那就不一定要投給他；相對於作品本身，投票人與作者的私人情誼、女性粉絲的數量是否不令人氣惱、嫉妒心是否能夠消解，這樣的傾向愈來愈失控。

然而，不論 Best 10 怎麼設計都會引發問題。我們應該將 Best 10 當成一種娛樂，不要太在意。我並不像二階堂先生一樣對這種情況感到憤怒。

《本格ミステリーワールド》也成為了海外作品、獎項評選、以及本格 Mystery 所面臨的各種問題進行討論的場所，非常令人感激。然而，出版社南雲堂的社長告訴我，出版不景氣的加劇、經年虧損，再也無法繼續出版，終於使這本雜誌停刊。

是什麼樣的契機，促使您想要向全世界宣揚，將日本語中的「本格」轉化為世界語「HONKAKU」呢？

這是因為「本格」這個詞彙和概念在英語圈中並不存在。我不清楚法語圈和俄語圈的情況，但我認為也可能不存在。在英語圈中，小說的分類就像昆蟲採集的蝴蝶標本箱一樣，是根據外觀進行分類的。例如，如果私人偵探是主角，就是冷硬派；如果警察是主角，就是警察小說；如果律師是主角，就是法庭 Mystery；如果主婦是偵探，就是主婦 Mystery；如果上班族是偵探，就是上班族 Mystery。這是根據外觀進行的分類整理。這種方法也不是不行，但是對於重視思維的小說，應該採用更有效的結構性分類。

「本格」的特點在於像X光片一樣對疾病進行分類。它的魅力在於謎團，如果解謎程序具有一定程度的邏輯印象，也就是說，邏輯在故事結構上明確存在，那麼無論主角是家庭主婦還是文具店老板，都可以被稱為「本格」。相反，即使是世界著名的私人偵探作為主角，如果只是面對一個罪犯從眾人圍觀的現場逃脫，而偵探只是揮拳進行逮捕，這就不是「本格」。

如果是以「本格」為特色的作品，應該可以閱讀到對謎題進行邏輯運用的知識性發展，這一點是可以保證的。由於沒有其他更方便的指標，因此我主張將這種分類方法，引入英語圈的類型文學中。

可以分享您在世界各國進行「本格 Mystery」交流的經驗嗎？

很遺憾，無論在哪個國家，都尚未達到我所期望的交流深度。在台灣可能比較容易一些，但仍然有很長的路要走。在日本福山比較容易。如果不能進行類似新人獎的選拔，並與作家一起進行明確的作品打磨，我認為這就不能稱之為真正的「本格 Mystery」交流體驗。換句話說，我想要深究創作的核心。

例如在島田獎裡候選作中的未獲獎作，依據我的建議加以改進，從中獲取經驗。但這可能只有在像我所居住的城市才能實現，因為這耗時甚鉅。此外，也存在著另一個問題，即是可否出版修改後的作品。

在莫斯科，我有很充實的時間。在書展上，我能夠進行深入的交流。我也和一些有志成為作家的年輕人進行了一些對話。此外，我還透過網路，與各地的圖書館聯繫，和一些有才華的年輕人進行了交流，鼓勵他們追求未來的創作。

在大型書店的大廳、會議室進行問答，當時不僅有新人作家，還有一些書店員前來，與他們的對話也很有意義。他們詳細詢問了日本的出版狀況，包括新人獎和文庫的製作技巧等。在這些聚會中，我多次提出了設立新人獎的必要性。

回到日本後，我收到了一封邀請我擔任新人獎評審的來信。雖然我很期待，但這個比賽並不是在俄羅斯國內尋找新人，而是從美國、英國和加拿大出版的新人作品中，頒發一個來自俄羅斯的新人獎，這個計劃可以說是比較消極的。

俄羅斯的出版社、電視台對國內新人完全不抱期待，這是因為新人作品銷售不佳。《占星術殺人事件》賣出了三萬五千本，讓大家感到驚訝。國內新人作品通常只能賣出幾千本。因此，作家成為了家庭主婦的工作，因為無法養活家人，不是男人的工作。因此，俄羅斯的出版業者們煩惱新人獎和文庫書籍無法問世。最終，這變成了對我的諮詢。

我問了一下俄羅斯有多少家書店，一個女性回答，她們今天早上剛開完會，還記得數字，全國大約有兩千五百家書店。這讓我非常驚訝，因為日本曾經擁有三萬家書店。現在由於出版不景氣和網路銷售，這個數字已經急劇下降到大約一萬四千家，但這仍然與俄羅斯相差甚遠。我想，對於這樣一個廣闊的國家，只有兩千五百家書店實在太少了。

正因為書店的書架、平台體積很大，才能製作文庫書和設置新人獎。這些都直接仰賴書籍的流通量。如果書籍數量不足，就無法設置新人獎等。實際銷售量當然也很重要，但如果書店數量多，能夠擺放的書籍數量也會變得非常龐大，因此可以設置新人獎、出版獲獎作品、文庫書、新書、全集等計劃。書籍長時間擺放在書架上，才有持續被購買的機會。如果書店數量少，流通的書籍就只有初版，數量也會減少，很快就會消失，這樣一來，對於出版文化的各種夢想就很難實現。

當然，這其中也牽涉到複雜的因素。這取決於書店是使用委託銷售還是回購制度。然而，有志成為作家的年輕人們也經常進出書店、圖書館和閱覽室，懷抱成為作家的夢想。總之，如果城市中沒有書店，作家的數量也可能會減少。整個行業將陷入惡性循環。國內的書店數量在不知名的地方支撐著出版文化。

這樣的答覆，對他們來說是一個很大的刺激。在談話的同時，我也有所領悟。這是在俄羅斯的回憶。

擁有海外交流經驗後，回到日本國內會有什麼反應呢？

很遺憾，看起來沒有任何回應。如果有合理的原因，我或許也會想表達不同的意見。

雖然這是一個老生常談的話題，但日本人確實有鎖國思想的傾向，日本的作家對海外的情況不太感興趣。我從未聽過有人表示想要在海外發行自己的書籍。然而，他們內心深處其實非常渴望這樣做。如果有機會將自己的作品翻譯成海外語言並出版，他們會默默地、暗中地進行。

當談到海外經驗或海外人士時，他們會表現出謙虛的態度，認為自己並沒有那麼了不起。他們似乎在其他場合尋找機會。也許我應該成為中心人物，與台灣的出版社進行交流，並創建一個與台灣作家交流的平台，以加深華文和日文作家之間的交流。

語言結構的差異也是一個重要問題。中文和英文、法文之間的距離相對較近。但是日文在文法上，也就是語序的問題上有很大的差異。此外，在發音方面也有相當大的距離。日文是一種孤立的語言。

這種差異在感性上也會產生很大的差異。換句話說，比起坦率的積極性，日本人更容易陷入消極性，並以道德規範等價值觀來為自己辯解，自我暗示。日本人仍然保有這種棘手的民族性，還沒有完全適應與外國人的交往。

現在本格 Mystery 作家，很多都是在推出館類型新本格遊戲時代嶄露頭角的人，這種趣味往往帶有宅文化的內向性，因此在作品中寫出機智的對話也常常感到不自在。相較之下，用英文寫作的小說則充滿了這樣的元素，這種感覺讓日本作家也感到有些氣餒。

總之，日本人對於國際交流仍然存在著猶豫不決的意識，他們非常不想丟臉。如果必須要丟臉，他們寧願在國內安靜地待著。

然而，當談到海外旅行時，他們的憧憬意識也非常強烈。華語人士需要積極地友善對待他們。由於這種內向性格，他們似乎能夠與台灣人很好地交流（？）。他們會逃離我的身邊，在擁有相同日本人感覺的人群處無言地聚集。

這些人確實很麻煩，但我希望台灣人能夠明白。

請談談您對第八屆島田獎的期望。

台灣周邊、亞洲、西太平洋情勢相當嚴峻，我每天都密切關注。希望以歐洲的現狀為反面教材，讓智慧戰勝愚蠢的欲望。

但在此困境下，或許正因為如此，台灣人的能力在半導體產業等方面表現出色，躍上國際舞台。這種能力在以邏輯思考為軸心的本格 Mystery 中，特別能夠體現。事實上，通過島田獎等活動，我每次都能確認到，在台灣島上有很多能力卓越的年輕人。

這代表著在不久的將來，台灣的才能有可能成為這個類型的領航者，台灣、中國和日本的才能可以緊密合作，吸引著來自歐美、俄羅斯等地的愛好者。實際上，我最近經常前往中國、台灣、英國和俄羅斯，與許多出版人、讀者見面，我發現這不再只是一個夢想，而是一個不知不覺中已經成為現實中的目標。

同時，我對於台灣的期望愈來愈高，希望能夠在我有生之年繼續這個獎項，從台灣發掘更多的才華，提升創作水準，實現目標。

莫比烏斯環·創作座談會 (3

楓雨
八千子
M.S.Zenky
海盜船上的花
牛小流

關於鮮文學網
千禧年左右，一個出自矽谷、會員人數超過 150 萬人、每日瀏覽人次超過 30 萬的華文網路小說平台，然後……啪，沒了。

關於黑子徵文大賽
現在黑子已經猖狂到有一個比賽了嗎……啊！這個黑子好像不是這個意思。

創作座談會

楓雨　一年一度的莫比烏斯環座談會又開始了，第一屆的座談會談到了每位作者的第一本作品，第二屆著重於犯罪小說中的詭計。第三屆座談會很榮幸能接替既晴老師擔任主持人，這次座談會也加入了兩位新成員 M.S.Zenky 和牛小流。M.S.Zenky 以鮮文學網黑子徵文大賽首獎出道，是一位相當多產的作家，已出版五套系列作；牛小流則是相當優秀的馬來西亞作家，在馬來西亞已經有多部作品出版，目前台灣引進的《藥師偵探事件簿》系列也收穫許多好評。

除了兩位新成員之外，還要介紹一下三位上屆就有參與的舊成員，八千子的撿骨妹系列（《地火明疑》等作品）以及海盜船上的花的《牙醫偵探》系列也都相當引人入勝，而我自己目前也正發展社運推理小說野風社系列（《沒有神的國度》等作品）。講到這裡，大家應該隱約能猜出來本屆座談的主題，就是……偵探。咦？不是系列作嗎？

咳咳，一個好的系列作，一定會有引人入勝的角色，在犯罪小說中會吸引人繼續追完整套系列的，常常是貫穿全系列的名偵探，包括福爾摩斯、白羅、御手洗，都是相當迷人的偵探。而在台灣也不乏充滿魅力的名偵探，除了前面提到各成員的作品，經典之作應該要屬既晴的張鈞見系列和提子墨的微笑藥師系列。相信不只讀者好奇偵探是怎麼被創造出

關於《藥師偵探事件簿》
偵探是正職，藥劑師是副業！

關於《牙醫偵探》
據說走進這間牙醫診所，成為殺手或被害人的機率高達 87%。

關於先讓英雄救貓咪
對貓奴來說，這是最自然不過的事情。

莫比烏斯環

來的，創作者應該也都想知道彼此的塑造角色的歷程吧！那就以八千子開始，分享一下你是如何創作這些角色的吧！

八千子　感覺這個問題交給新人作者和老作者可能會得出完全不同的答案。新人作者筆下的角色大多都會有比較強烈的自我意識或前人的影子，這句話似乎有點矛盾，自我意識在某方面代表這個作者開始寫作前的人生階段性總結，或者說回顧，所以自然會摻入大量的個人思想價值，而當他在動筆時，過去閱讀的作品就會在這時產生影響，這部分就是前人足跡了。

換句話說，新人從結構到人物都可能是循著他人的經驗模板製作，但洋蔥剝到最後一層就能發現作者自己躲在裡面。

至於老作者因為被環境打磨過，也許在選材部分就會摻入更全面的商業考量，例如在角色身上加入哪些 Tag 會比較受歡迎，總之就是先讓英雄救貓咪什麼的。比起新人，老作者給人的感覺更像是有一口很大的鍋子，把各種要素丟進煮鍋內糊糊拌拌，努力將這些原本就受人喜愛的食材昇華到更高的層次。

上面講得好像有一回事，但我其實根本沒想過這些問題，全部都在唬爛。所以決定在這邊直接交給下一棒海盜船上的花。

海盜船上的花　我在塑造

偵探角色的時候，常常會想到一個直接性的問題：偵探是什麼職業？感覺這是一個大方向，會直接影響到後續的劇情安排。

不同的職業可能會影響到偵探本身的技能點值、專長、動機、甚至是智商。例如學生和警察可能就會在辦案手法上相差甚遠，進而影響到故事走向。

一開始寫作的時候有個迷思，就是覺得偵探一定要智商很高，這樣才能顯得壞人很聰明，謎題很厲害。但是後來才發現，謎題厲不厲害在設計時就注定了，有時候偵探太會解謎，每猜必中，反而讓人懷疑偵探是不是有偷看過劇本。

《牙醫偵探》是我第一個故事，身為一個懶人，理所當然就從身邊取材，畢竟自己最熟悉的職業，不用做田野調查，而且還可以在每次看診的時候，幻想診所可以發生什麼殺人事件，或是病人身上的紅色汙點是怎麼一回事。就如同八千子說的，新手作家的偵探角色身上，常常有自己的影子。當然啦，有時候凶手的角色背後，說不定藏著更多作家的影子。

Zenky 著作豐富，出版過多本小說，想請問 Zenky 在偵探角色塑造上，是否會受到自身經歷影響呢？

M. S. Zenky　各位好，很高興能參加座談會！翻翻臉書才意識到自己居然不小心休息了快五年，如此還能在此大言不慚，由衷感謝大家的仁慈與慷慨。

雖然創造了五個系列，但只有出道作《閉鎖密室》是唯一明確存在著「偵探」的作品。我甚至差點忘了在第一冊《閉鎖病毒》的序言，便大剌剌提及受到既晴《網路凶鄰》的啟發（所以前陣子收到既晴的讀後感時整個人嚇傻）——因而決定以「網路」作為 Logline。現在回想，這系列真是仗著網路文學的外衣、以及當年對我百般縱容的佛心責編，初生之犢不畏虎地將所有想寫的元素都寫了進去。

我是國二開始寫作的，和同學們胡謅了什麼「隔宿露營殺人事件」之類正值中二才弄

關於《閉鎖密室》
全八集九冊中並未出現半間密室，如果有，九成九是鬼幹的。

關於純文學
與之對比的是不純文學。

關於鹽系男子
老司機，因為吃鹽多過吃飯，鹹濕！

莫比烏斯環

得出來的神祕文章，這些黑歷史當然不能留存下來。升高中後曾立志成為「純文學」少女，卻在考大學時迷上台灣推理小說，接著閱讀的觸角延伸到日系推理，記得入手的第一本是島田莊司《占星術殺人魔法》，因此深深著迷於御手洗潔。

在閱讀量極少卻臉皮很厚地想傳教兼致敬之下，也只敢致敬些無聊的支微末節，比如徵信社的名字、狗狗的名字……反而最重要的「偵探」不算致敬也不太是自身經歷，《閉鎖》的偵探是對兄弟，開徵信社的哥哥是成天無所事事、熱衷於Cosplay的瘋癲怪人，弟弟則是相較下正經許多的大學生，除此之外未做太多的設定，相信寫著寫著他們就會自己找到出路。不過自身影子倒是投射了些許在女主角身上。

創造出充滿鹽系男子魅力的「藥師偵探」蘇店長的牛小流，應該在角色塑造上有著更深刻考量與設計？

牛小流　謝謝Zenky。大家好，我是來自馬來西亞的牛小流。Zenky說不小心休息五年了，我最近升級當奶爸了，或許也會順勢休息個幾年，啊，我還是必須在餵奶空檔完成討論。

年輕時寫過以私家偵探為題材的系列小說，受到東川篤哉的影響，將搞笑進行到底，由於是第一人稱，寫得極為放肆開心，該偵探沒生意只好去便利店兼職，多次靠過期麵包糊口，看到美女又會翹起尾巴，破案口頭禪是「查案像小便一樣」（太羞恥啦，不敢給女兒讀），簡直是不學無術的社會敗類。抱著寫了就退出文壇的心態，沒想到意外獲得編輯的青睞。

不懂塑造偵探特質，乾脆把自己寫下去，可是這麼一來就得承認以上說的混賬事跡都是做過的事情，我只好給另外的解答，寫出發夢也想成為的角色，啊這樣越描越黑了，嗯，寫出最適合故事調性的角色就對了！偵探特質隨著寫作人稱方式，探索的社會議題，謎團的複雜程度，也會有所改變，好比張國立筆下的文武雙缺，一張嘴砲打天下的棄業偵探，所接手的案件就只有這樣的擺爛偵探才能破解，要是換作和善親民的怪奇偵探張鈞見，調查過程應該完全不一樣了。

我認為社會派推理的偵探，必須更貼近現實，好奇問問楓雨，野風社成員是從真實人物取材，還是純屬虛構？

楓雨 野風社最初的兩個形象，是來自傅榆導演的《完美墜地》，呂俊生對應到的是其中的陳為廷，傅榆導演對應到的則是楊曉薇，一開始就打算以類似偽紀錄片的形式，以楊曉薇為視角紀錄呂俊生崛起和墜落的過程。不過因為想要更多的去描寫角色的內心，所以就放棄了這種偽紀錄片的形式，不過還是保留了楊曉薇的視角。

至於在偵探設計上，過往我的作品就傾向於不去設計一個主要偵探，我比較喜歡的形式是讓所有角色都參與推理的過程，然後每個角色都往真相推進一點點，最後組成最後的解答。《沒有神的國度》算是這種概念的極致，其實也是對應到這本書的主題，和我個人的信念，我希望這個世界並不是被單一的英雄所拯救的，而是有更多的好人。

不過在於野風社的設計上，同樣以學生社團為主題，米澤穗信的古籍研究社系列是我相當重要的參考資料，所以在社會寫實上，多了一點日系

關於《完美墜地》
只有英雄才會說是墜地，其他的就只是摔下去而已。

關於諾克斯十誡
最有名的那條是因為當時人人都在功夫戰鬥（Everybody was a kung-fu fighting）

關於田野調查
看字面上好像是要下鄉，不過其實窩在網咖一整天也能算是田野調查。

莫比烏斯環

輕小說的色彩。這裡就要問一下八千子了，撿骨妹系列讓讀者發現，傳統殯葬文化和輕小說居然能激起這麼精彩的火花，一開始八千子是怎麼想到把這兩個迥異的元素融合在一起的？

八千子　我完全是按照輕小說的思維設計，不如說比起推理，我更寧願讀者用看輕小說的心情閱讀。當然讀者觀點不是我能操控的，我自己看書時也很少會抱持預設立場的心態，盡可能不要讓既有的成見去影響我對作品的評價。

另外我還滿認同楓雨不固定偵探角色的想法，諾克斯十誡說的「偵探助手最好是笨蛋」只能說是提供作者一個比較便宜行事的敘事方法，藉由笨蛋助手去烘托偵探的才智，但現在小說類型已經很多元了，塑造偵探角色的魅力並非一定需要靠智力輾壓。

如果要說以撿骨為題材時遇到的最大難關是什麼，果然還是「職人感」吧，雖然我有很多田調的人脈資源，但自己終究不是殯葬從業人員，書寫時難免會質疑內容是否貼近真實，這邊我想特別推薦海盜船上的花和牛小流兩位的作品。兩位都以自己的職業為題撰寫小說，單就這點，我認為已經充分表現出筆下偵探無可取代的魅力了。

海盜船上的花　「職人感」的塑造上確實是一大挑

戰。在《牙醫偵探》完成以後，我也嘗試撰寫其他故事，不管是犯罪或愛情故事，只要不是本業或是杜撰的，基本上都還是需要做點田野調查。

有時候就算訪問了人，做了詳細的紀錄，寫起來還是十分彆扭，總覺得還有什麼地方沒有到位。不過訪問的過程倒是挺有趣的，可以聽到各行各業的八卦，尤其最喜歡聽人家分享感情史（咳）。

我一直都很佩服能把每個行業寫得有模有樣的作者，尤其是細節的地方，特別容易讓人連連點頭，就會覺得「對對對！這個職業的人就是會這麼說話。」像是我覺得工程師特別在意數據這件事，醫療業比較常用「可能、有機率」等字眼，畢竟醫療本身就非百分之百。

之前拜讀《成為怪物以前》對蕭瑋萱筆下的主角刻畫印象深刻，場景的描繪、sop 的執行都讓人覺得非常真實。聽說作者為了寫故事，曾經實地考察，這股勇氣實在令人佩服。

想請問 Zenky 老師在角色塑造上，覺得最重要的是什麼呢？

M. S. Zenky

說到田野調查——這對社交實在很耗能的懶人如我——真是件辛苦又尷尬的事，但朋友太少，隨意取材友人又擔心會被發現，後來趁著做些其他領域的工作「順便」取材，認真拓展圈子後發現世上還真多有趣的人事物啊，什麼沒落皇室的後代啊、算命神準的音樂家啦、前魔術方塊紀錄保持人的演奏家、非常嚴重的無廁所交通工具恐懼症患者啦……直到日前參加 A.Z. 與逢時的「不在場會客室」講座，逢時說到「委託田調助理」時我才恍然大悟，原來社恐也可以不用自己下海！

我很贊同八千子提出的「加入 Tag」這點，無論是擁有專業形象的職人、詼諧的九流偵探、還是美少女撿骨妹，先賦予角色幾項鮮明的特色，有助作者順利展開創作，也可能吸引到熱愛這些標籤的讀者。接下來角色隨著故事發展而活化、成長。有的創作者講究「故事結束時的主角必須與一開始的他有所不同」，又或在劇情推移下，角色的不同面向、神祕過往等細節一一揭露，這些「變化性」仿佛能使角色更栩栩如生，讀者（可能）在閱讀過程中拉近自己和角色間的距離，像是《藥師偵探事件簿》裡〈請慎防安瓿的殺意〉一看到某人走進民歌餐廳，加上後續揭露的過去……讀著讀著很容易和其他角色「同氣連枝」、「同仇敵愾」了。

牛小流　提到田野調查，如果寫愛情小說需要談一場戀愛，那麼寫犯罪小說不就要……這梗很老我知道。動念以藥劑師作為偵探，是因為沒信心撰寫其他職業的偵探，從熟悉的領域下手，也能寫出獨特觀點，啊，楓雨提過排斥把醫院變成犯罪地點，我和花花有些怕怕……

《閉鎖密室》系列的「馬車道徵信社」源自島田莊司筆下的偵探御手洗潔居住的「橫濱馬車道」為名，也借偵探曾伯良的口表達對御手洗潔的喜愛。我想，每個作者構思偵探特質的時候，不多不少也受到熱愛作品的影響。

本格推理的偵探偶爾淪為解謎工具人，登場人物不過為了服務詭計，如果讀者覺得詭計平庸，那麼整部故事就平平無奇了。冷硬派或社會派推理的偵探，除了破案也深諳人心算計，冷硬派代表有臥斧《碎夢三部曲》裡失去記憶的偵探，陷入圍繞著台灣社會的謎團，如都市更新、移工、宗教團體，讀者隨著偵探的步伐，追尋真相之餘，也逐一拼湊生命的價值與意義。

楓雨嗜讀本格推理，寫的幾部作品卻是社會派推理，不論是熱血澎湃的社運分子，心懷鬼胎的政治家族，捉摸不定的預言師，正邪難辨的黑道老大，人物特質描繪得入木三分，這方面恰好是我缺乏的，小聲問問楓雨，如何掌握多種類型的人物塑造？需要入會黑幫嗎？

楓雨　先解釋一下不把醫院當成犯罪地點的部分，主要是源自於目前台灣的醫療環境，民眾對於醫療的不信任感是相當嚴重的。然而醫療卻是相當需要民眾信任的一個行

關於台中
台北的下面，台南的上面。

關於馬來西亞
傳說中球賽贏了就放假，帥哥很多的國家。

創作座談會

業，如果我以醫師的身分去寫一個醫療體系的犯罪，會讓民眾誤以為這些虛構的東西是某種現實的指涉，更加深民眾對於醫療的不信任感，這對於我來說是不樂見的事情。不過近幾年我也有慢慢改觀，如果能在不破壞醫療信任的前提下進行創作，或許也是可行的方式。

至於本格和社會派兩者，其實我都各有涉略，只是我覺得在本格的部分我已經很難超越經典，社會派的部分倒是有許多個人體驗想要傾訴，所以目前的作品都以社會派為主。在人物塑造上，許多政治相關的可以取材自現實人物，而且我身處在一個傳說晚上到處都能聽到槍聲的城市，政治與黑幫的糾葛對我來說是很常口耳相傳的題材。不過其實台中也不是治安那麼差的地方，至少我在這裡生活了快三十年，都還沒有聽過一聲槍響。

這個部分我想問問牛小流，畢竟作為這次座談會中的海外代表，想問問馬來西亞的文化是否有影響你在塑造角色的過程？

牛小流　之前和八千子聊了幾句，他提到很少讀到馬來西亞背景的推理小說，其實我也沒讀過幾本……看來會是不錯的藍海策略。

早期創作故事，沒刻意融入在地元素和背景，近年構思著不同類型的偵探，除了藥劑師偵探，還有主婦偵探、司機偵探、美食偵探，都以馬來西

關於《偵探在菜市場裡迷了路》
幫老婆買菜的才是真偵探！

關於《請保持社交的距離》
當今拒絕追求者的熱門對白。

關於《下課了，一起去推理好嗎？》
聽起來就像周杰倫那首新歌，誒，也不新了。

亞為故事舞台，登場人物也囊括華巫印不同種族，像《偵探在菜市場裡迷了路》講述異族同胞因信仰文化差異起了口角，《請保持社交的距離》講述宗教活動引起的病毒大規模傳染，《下課了，一起去推理好嗎？》也有馬來警官辦案時與他族起衝突。

如楓雨說的，本格推理難超越經典，要不從社會議題切入，要不就從文化底蘊出發，不拘泥本格王道詭計，讓謎團自然而然地浮現，即「這謎團只能在這樣的背景發生」，也有別樹一格的偵探魅力。後知後覺發現，與其苦惱偵探性格和噱頭爆點，不如把時空結構詳細描繪，與之相符的偵探人選就會出現，而我熟悉的場景就是從小至今居住的城市，也成為孕育筆下偵探的舞台。

八千子　不好意思插嘴一下，我讀牛小流的故事時也有感覺到馬來西亞的複雜文化背景讓他在操作時有許多必須特別小心的議題或細節。以前寫台灣背景的故事覺得已經夠困難了，但看到《菜市場》和《藥師》時才知道台灣社會相對而言單純許多。

牛小流　所以，不敢在馬來西亞寫的議題，就交給海外出版社啦，計劃在本地出版免不了增刪部分情節，今年我寫了「出版圈網絡罵戰」的短篇小說《OOO殺人事件》，連標題都不敢放就知道我有所顧

關於《詭祕客 2022》
倘若有讀者尚未購買這本書，可以私訊既晴粉絲專頁免費索取，反正他家堆很多。

關於殭屍偶像
除此之外該地區的阿嬤也很有名。

慮！

說穿了我只敢寫熟悉的事物，佩服 Zenky 寫得瀟灑，從恐怖靈異、推理犯罪、魔法冒險都有所涉獵，不知道創作過程中會強調在地元素或文化嗎？

M. S. Zenky　無論創作或閱讀，我都很喜歡融入在地元素與文化的作品，或借《詭祕客 2022》台灣犯罪文學十三作的主題「觀看地景」以稱之。描寫熟悉的環境較能信手捻來，容易呈現出代入感，即使具有幻想性的元素，我也偏好過個馬路、轉進巷子就可能發生的故事（在日系故事裡大概就會被車撞死然後轉生或是變成殭屍偶像吧），這也許跟「過去閱讀量較大的時期」與「準備大考的時間點」重疊有關吧？平淡的日子太需要與現實雷同又充滿想像力的調劑了。

記得當時有位同學看完我推薦的作品後，卻語重心長地表示，她不喜歡這種會發生在自己周遭的場景，「那樣不是很可怕嗎？」後來這位同學跑去讀了法律系，應該跟我推的書……無關吧？

楓雨對醫療體系與民眾觀感的考量很令我尊敬……反觀我還在考慮將台灣幾座美輪美奐的音樂廳變成犯罪事件舞台，而且動機不純，畢竟現在願意花錢看表演的人口銳減，每次推票推得很辛苦時便妄想：如果創造出「成功（aka 賺錢）」的IP，是不是能提升普羅大眾主動支持藝文活動的意願？小眾與小眾的組合是不是能碰撞出巨大的成功（aka 賺大錢）？不過妄想終歸只是妄想。

花花在塑造角色時，會賦予核心價值來傳遞自己的思想嗎？

海盜船上的花 Zenky 這麼一問，我才發現我幾乎在每個角色身上，都寄託著自己想要闡述的核心價值，不管是人生經歷的難題、想不透的答案、或是想訴說而無處訴說的爆炸心情。我很常在思考過後，把這些寫成角色或凶手的一部分。

寫《牙醫偵探》時，也是因為剛開始工作，遇到一些特別的看診經驗，累積的無奈無法訴說，最後只能化成筆下文字。寫的時候確實是小心翼翼的，像是在玩踩地雷般，努力去避開可能引起誤會的地方，所以當楓雨說出自己不寫醫療業的考量，我真的連連點頭呀！不過，雖然故事裡多是不愉快的情節，平時裡愉快的看診經驗還是占大多數的。

我喜歡在角色身上投注議題，看他們努力解決難題，假裝自己也跟著解決困難了。之前東燁老師的課曾說過，愛情小說常常是「人設優先」，推理則是「情節優先」。雖然如此，我還是喜歡在偵探身上投注一些缺陷，讓角色在最後成長。不過這樣的設定，在續作上就會出現一些小問題，像是偵探已經在第一集解決人生難題了，第二集要解決什麼呢？

想請問以少女撿骨師寫出系列作的八千子，在續作的角色設定上是否會面臨什麼困難呢？少女撿骨師會慢慢變成美女撿骨師嗎？

八千子 前陣子有個比較深的體悟。有讀者詢問某本輕小說是不是會有續集，自己審視這個問題發現沒辦法給出肯定的答案。並不是因為寫不出來，而是我無法肯定她會是讀者所期望的續集還是空有續集之名的贗作。

常有人說靈感是當下不趕快寫下來就會馬上忘記的東西，我覺得面對、處理作品時的心情也是，只是它死去的速度不如靈感那麼快。有很多故事是在某個特定的年紀、某個特定的生活圈才能產出的，一旦脫離了那個環境或時間點，既有的想法或價值觀都會隨之改變。故事裡的角色時間總是走得特別慢，《斬首循環》到《完全過激》時間也不過半年，但已經足以讓故事從本格推理進展到超能力大戰。所以對於花花（不知不覺也開始採用這暱稱了）的問題，我應該會回答「時間」吧！而且不是角色成長的時間，而是作者自己成長（抑或退化）的時間。

因此如果有哪個少年少女讀到這段話，又正好在猶豫自己究竟該提筆寫作還是準備升學考試，請不要懷疑，畢竟很多東西是一旦錯過就再也回不來的，所以我當然會推薦你們去唸書啊！

至於唸書的訣竅，這邊果然還是要交給楓雨回答了……啊不，我是說筆下人物最富有青春氣息的楓雨。花花說的角色成長，我覺得在楓雨的故事裡既是成長，也是在墜落後的重生。啊啊，我最喜歡坂口安吾了。

楓雨 我很支持 Zenky 說要把音樂廳變成犯罪事件舞台的想法，希望台灣有更多像《歌劇魅影》這樣的大型ＩＰ，讓海內外的朋友前來朝聖。這也是當初在詭祕客中加入〈犯罪作品的場域ＤＮＡ〉此一單元的初衷，我一直認為文創是所有產業的火車頭，所以一點都不覺得這樣是妄想喔！

我現在也比較偏向花花（我也跟風用一下這個暱稱）的觀點，讓角色在故事中成長，不過我覺得人生難題是解決不完的，所以倒也不會有續集沒有材料的問題，人生真的好難啊！而這點我和八千子一樣，其實角色的成長反映的就是作者的成長。像我自己正在建立的野風社系列，其實暗自打算每十年推出一套三部曲，而每套三部曲就反映了我這個人生階段所遇到的人生難題。比如說《沒有神的國度》談的是信仰與幻滅，《不能輸的賭局》談的是信念與執念，《第三次戀愛》（暫定）談的就是會是愛情的想像與現實。下一個十年的三部曲，可能就會提到婚姻和家庭的問題，這個就等到時候再煩惱了。

談到婚姻和家庭，這個部分就要問一下牛小流了。看之前的貼文有提到現在過著幫寶寶換尿布和餵奶的生活，在塑造角色上面，也會受到現實生活的影響嗎？

八千子　已經預言未來會有婚姻、家庭了，這傢伙還真有自信呢。

楓雨　我正在努力打破呂編的魔咒中……是說呂編手下的作家也是有不少順利結婚的啦！先來見習一下牛小流是怎麼兼顧家庭和創作的吧！

牛小流　呂編看了應該會哭笑不得……有孩子後幾乎沒時間閱讀創作，上次觀賞完整的戲劇都不懂是何時，這裡要奉勸年輕創作者，趁還沒孩子前趕快多寫幾本，無意組織家庭就忽略我這段話。一開始難免覺得放緩創作很可惜，BUT生活必須大於創作，就算創作的世界很美好，也要兼顧現實的考量——是我這些日子最深刻的領悟。

日後創作會趨向正經八百的角色，不會續寫作風大膽的偵探類型，想到女兒可能會讀自己的小說，就不敢繼續胡鬧了！

就算生活忙碌得無法自已，還是有新的發現，寫過以主婦為偵探的推理短篇，近期有意發展成短篇連作，記錄太太的孕期，日後也有可能用作品紀念孩子的成長，「奶爸偵探」油然而生。以身邊事物作為寫作素材固然可行，但過於貼近寫實的話，就不懂如何設計犯人的身分了。近期華文犯罪小說有著不少改編自真實案件的作品，是值得留意的創作趨勢，興許能打造出貼近現實的偵探和對手呢。

在這裡要祝賀 Zenky 新婚愉快！不知道從中有沒有得到寫作的新想法呢？

M. S. Zenky　我算因為疫情延辦婚禮，可能這些年生活就差不多這樣（哪樣？），目前還沒有特別的感觸，連帶對下一階段的人生角色轉換也沒任何概念……倒是現在終於能著手準備新作了！這次靈感來的很奇怪，過去我通常是在閱讀或網路亂看時慢慢發想、組織故事，這次卻是某個平凡早晨在廁所時忽然冒出來的，一切來的太突然又和生活沒任何關聯，我趕緊衝出廁所記下腦海浮現的所有東西。背景暫時設定在近未來，不過主角依然是大學生……究竟多不服老啊我！新作目前沒有明確的偵探角色，倒有一卡車等著犯罪的人物，為了模擬凶手們的心境，最近才又開始看刑案相關影片，終止了這些年著迷於看各種居家煮飯日常Vlog、十分不求上進的小廢物行為。

萬一不巧得邁入下個人生階段，感覺得為了避免重口味胎教（？）使故事在取材階段就胎死腹中了……牛小流的勸世良言很受用啊！看著身邊有了孩子的親友們「痛苦並快樂著」的模樣，把握時間多產出作品恐怕是未來幾年最大的挑戰。

有些好奇花花在《牙醫偵探》系列後的犯罪新作規劃，不知道能不能偷偷透露一點點？也是職人系偵探嗎？

海盜船上的花

目前寫作的重心比較偏愛情小說，犯罪故事的順序排比較後面。不過，還是很希望能完成《牙醫偵探》第三集，大概和楓雨總是寫三部曲一樣，都算是一種強迫症。接下來希望能夠挑戰歐美小說常用的雙主線寫法，用偵探和凶手的視角兩邊並進。

平時看書時，讀者的帶入角色多半是偵探，但是偶爾我也很喜歡沉浸在凶手的世界，在那一刻好像可以拋開所有世俗的框架，盡情陶醉在某些執著或專注中，用一些充滿創意的方式，在病態的邏輯裡建構出自己眼中的完美——啊，講到這裡會不會有人想報警抓我？總之，沒有黑暗，怎麼襯托出光亮？偵探要展現能力，常常前提是凶手要先發揮功能。

不過，目前寫的偵探都是比較權威型，形象也大多以醫師、警察為主。希望未來能創造出一些更讓人親近的角色，像是牛小流提到的主婦、偵探奶爸感覺都很棒，噢，當然正妹大學生或是美女偵探感覺也很吸引人呢！八千子你說呢？

八千子

比起偵探，更多時候我也比較容易被凶手的角色吸引。最近剛看完動畫《lycoris》，很喜歡「大家都代表正義」「沒有人是絕對惡」

關於零度寫作
根據羅蘭·巴特《寫作的零度》敘寫文章的方式。例如「詭秘客是一本適合闔家觀賞的優良刊物」這句話就違反了零度寫作原則。

的概念。在前一回有提過，我自己並不討厭凶手沒有犯罪動機，如果劇情能說服讀者的話，就算是愉快犯也能製造巨大的反派魅力，但另一方面，我也支持拋棄善惡二元論，將凶手和偵探的角色進行再詮釋。偵探不一定要是正義的夥伴，凶手也並非一直都代表邪惡。我覺得創造角色最有趣的還是作者有意與無意的自我暴露，畢竟這世上沒有人能夠真正達成零度寫作，書中的每個角色多少都代表著自身，其中自然也包含凶手。

那既然談到凶手……啊！轉眼間字數又爆了，楓雨，接下來就拜託你了！不要再讓我收尾啦！

楓雨　不知不覺一年的座談會又結束了，看起來大家除了偵探，對凶手也很感興趣呢！八千子的話讓我想到網路上很常流傳的一篇漫畫截圖：「就算是再好的人，只要有在好好努力，在某人的故事裡也會變成壞人。」儘管偵探常被認為是正義的象徵，但是當讀者與犯人共感時，與犯人對立的偵探反而會看起來像反派。

由於擔心暴雷的原因，在網路上很少看到關於犯人的討論，這麼說起來，如果是由作者們自己來討論自己作品中的犯人，就不會有暴雷的問題了，或許是不錯的提議呢！

「兩岸三地」的歷史語境——小說中的「中國」視角

文／洪敍銘

「社會性」書寫，自一九八〇年代始至今，一直都是台灣犯罪小說不斷嘗試寫作與探索的主題；幾種較為具體的書寫技巧，如新聞事件的改編、時事的鎔鑄、現時都市地景的描寫、時代變遷下的人性與價值觀轉變與衝突等……其應用其實相當廣泛，亦能展現出不同成長背景、地域對生活世界的關注。

換言之，小說中的「社會性」除了反映社會的樣貌、人性的變遷，進而改變空間的利用、社群交流的方式，進而建構出敘事中的事件場景，藉由人們對於社會事件的感知、反應，表現作品的核心關還之外，更重要的是，犯罪小說中「命案」、「謀殺案」如何與社會性的敘寫產生緊密的扣連。

在這樣的前提下，「兩岸三地」（泛指中國大陸、港澳地區與台灣，位於台灣海峽兩岸的地理區域）複雜的歷史情境與語境，或許也能成為當今探究犯罪小說此一類型時的一種觀點。

思婷於一九八九年六月刊載在《推理雜誌》第五十五期的短篇小說〈客從台灣來〉（後收入《死刑今夜執行》），描繪的是解嚴後，台灣人欲經由小三通返回中國探親的場景，其中重要的凶案現場「白鷺號」也是往返台陸之間最重要的交通工具。

有趣的是，這篇小說的場所是移動的，即白鷺號是一艘航駛於台灣海峽的交通船，通連著香港、廈門或台灣任何一個地方，也就是說白鷺號所象徵的群體經驗，充分的表現出當時歷史現實的氛圍及其區位特性的影響；以此，在對歷史回顧的過程中，這篇小說的「獨特」在於這些被文字保存下來，如今已不復存在的畫面與景況。呂仁認為〈客從台灣來〉「至少寫出了當時台灣民眾即使在政策開放可去大陸的狀況下，仍舊必須透過第三地香港轉機、轉船的政治現實」（頁８），這讓讀者得以藉由小說文字，重入那個特定時空中，嘗試理解當時的社會環境與情懷，顯示出小說除了「說故事」以外，仍能被賦予特定的歷史意義或定位。

更深層地藉由小說情節探索這層特殊的意義。正因為吳強（曾是紅衛兵）對張太平一家人的迫害與批鬥，牽引出人物對於身處時代的恐懼與困惑，表現深層的社會性的關懷，而這層社會關懷，不僅清楚地指向使用者（或作者）的在地情境與經驗，也能夠作為某種我們回顧歷史的一種視角或觀點。

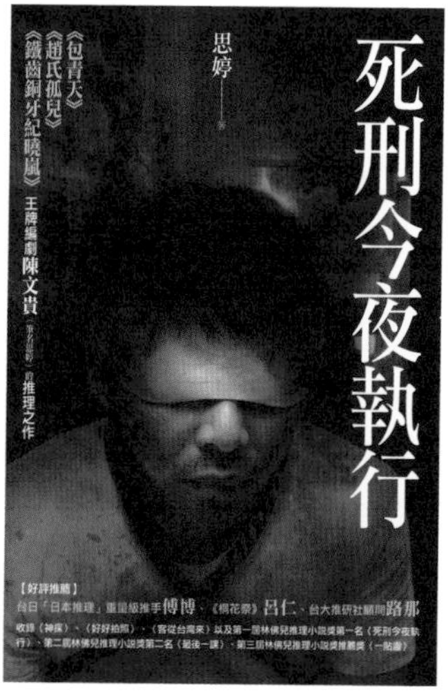

《死刑今夜執行》
思婷

香港作家顧日凡於二〇一六年出版《血紅梔子花》一書，寫的是以香港、中國沿海城市為主的故事，偵探在調查的過程中，走訪了長平、東莞、梅縣等中國內地城市，積極地追尋真凶與事件真相，除了表現出「我們是香港警察」（頁181）對應著「強國」公安、城管、街坊糾察員、醫院人員輕忽、草率、怠慢態度的某種「本位」外，也強調政府警察體系對維持社會秩序穩定所被賦予的權力、義務及其積極意義。

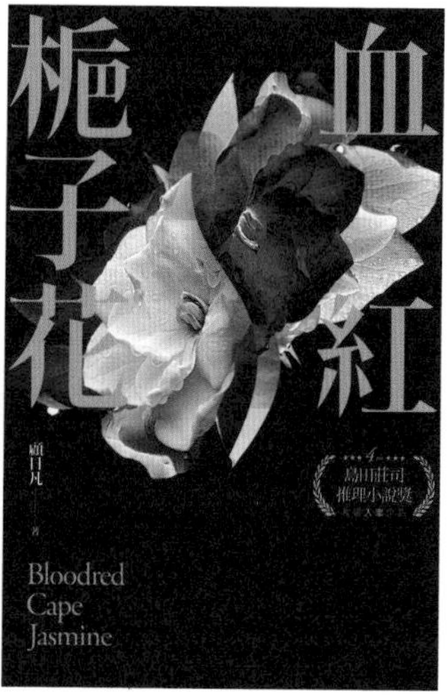

《血紅梔子花》
顧日凡

從小說情節，進一步來看，《血紅梔子花》中三具被謀殺的屍體，乍看之下是對於「暴力」——尤其是對女性的金錢控制、霸凌、恐嚇與身體剝奪——的控訴，也因此同樣身為女性的偵探在凶手（女性）自白後，反而同情著凶手的遭遇與處境，進而放棄繼續緝凶，甚至更進一步地表現出對於屍體（死者）的厭惡與死有餘辜，以情節而論，是相當重要且特別的反轉。而這種逆轉，在表面上看似解決了一起發生於該時代與社會環境下的異常事件，促使社會回返日常運作，但是實質上，「復原」並非產生於從「破解謎團」到「緝捕真凶」的敘述軸線，而是幽微地成為僅有偵探才能獲得的一種「心證」（畢竟這場對決是通過偵探與凶手二人的電話通話完成，旁人無從介入），然而這個邏輯卻也勢必會受到讀者對「推理性」的合理質疑與挑戰。

更重要的問題即在於，《血紅梔子花》全書基於「香港」觀點，對所謂「強國」的中國所有人、事、物極盡嘲諷，例如順嫂一行人前往常平旅遊時，遭惡質當地導遊阿珍強迫消費與惡意遺棄的經驗（頁10）、「強國的宗教是金錢，大家向錢看，不是為人民服務，而是為人民幣服務」（頁106）、公安的「大打官腔」與醫院接待處人員的索賄（頁115–116），以及他們總習慣給予「小費」獲得中國人民歡喜滿足的行為表現、「強國小民性命不值錢」（頁130）、原大媽一家曾受到的勞改與階級批判（頁142–143），其中最顯著的對中國的批判與不屑，莫過於偵探初訪東莞時，助手白楊以南京曾發生因扶起老婆婆而吃上官司的案件，疾言：「不要碰他，以免惹禍上身」，阻止她出手相助，最後竟拿出手機「拍下來作為證據是你自己落車時不慎跌倒受傷，與人無尤」作為老伯「我很痛很辛苦，求你們幫我，幫我」言語所對應的殘酷現實（頁105–106），這些作者刻意經營的諷刺，最終卻通過偵探的香港視角，賦予凶手（中國）同情與心理認同的同時，產生了某些基於相異的政治意識形態而產生的反抗。

〈客從台灣來〉清楚地描繪了特定的時代氛圍，台灣人乃至於中國人在歷史情境中的「不得不然」，雜揉著特別的、對於時間、空間的情感及認同；而《血紅梔子花》中所欲表現出的香港城市「後現代」圖景，正如書封所介紹的「政治變遷」下的人民價值觀與犯罪型態，即如書中香港與中國視角與觀點的對峙，加上社會層出不窮的人口流動、生活空間、居住正義、醫療資源、教育文化改革等等已生成或亟欲改善的問題，使其記述了許多可觀的社會性書寫，也成為出港台推理小說對社會題材與創作實踐的延續，同時也能藉由閱讀，開啟由過去到現在，而至未來的對話與討論。

湖中怪影

文／既晴

為了呈現犯罪小說中故事舞台的殊異性，作家往往會善用「旅情」此一元素，以地理的視角為出發點，在空間中對人物、情節重新梳理、予以整合，突顯作品的在地獨創風采。這個設計，可以帶領讀者進入一個「心理上」的封閉場域，讓讀者遠離原有的、已知的都會生活空間，沉浸於故事中由城鎮、鄉野所構築的獨特氛圍，籠罩在陌生的、新奇的想像世界。

以「旅情」的地理視角為第一步，接下來，則可再加上時間軸的變數，延伸到在地的歷史、社群、人文、活動等，建立起一個連續的、因果的文字小宇宙。前述種種，可以說是「旅情」的基礎工事了。

世界各地的名勝景點，固然以美麗壯闊的湖海山川、閑靜隔世的老城古鎮為主，不過，在我所讀過的旅情犯罪作品中，有一種取材型態，是更為罕見、更富實驗性的，那就是「超自然」旅情。它別具魅力之處，在於這種旅情犯罪作品中，「超自然」與地理環境的關係，通常不是連續的、因果的，而是突如其來、憑空生成的，有一種「不見容於理智」的斷裂性，然而，我們卻又會感受到，故事裡存在著一股更深沉、更晦暗、更恐慌、「純屬直覺」的投射感，那是現代文明無法觸及原始自然的灰色地帶，那是野獸與人類生存領域的模糊交界。

本文以兩部含有「超自然」旅情元素的作品為例，分別就其中的「超自然」特徵如何運用在故事中來進行比較、解析。一部是英國作家葛蕾狄斯・米契爾（Gladys Mitchell）筆下派翠絲・雷斯壯・布蘭德雷女爵（Dame Beatrice Lestrange Bradley）長篇探案的《湖畔的眨眼》（Winking at the Brim，1974），一部是台灣旅加作家提子墨筆下偵探微笑藥師阿哈努・索亞的長篇探案《水眼》（2017）。

首先，來談談兩位作家、筆下偵探的背景，以及兩部作品的梗概。

葛蕾狄斯・米契爾，她在華文圈裡還沒有譯本，以布蘭德雷女爵登場作《迅速死亡》（Speedy Death，1929）出道，一生共發表六十六部長篇，為英國黃金時期後期的本格推理作家。米契爾多以英國鄉野為舞台，描寫富含超自然元素的犯罪故事，偵探布蘭德雷女爵是一名精神分析學家（psychoanalyst），個人興趣為研究超自然現象，據稱為女巫的後裔。

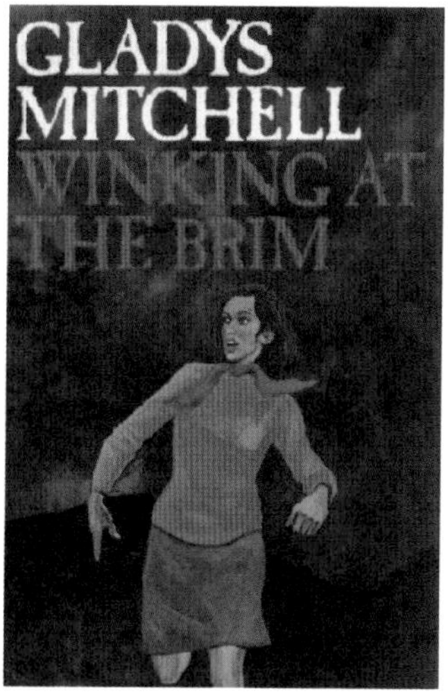

《湖畔的眨眼》
葛蕾狄斯・米契爾

《湖畔的眨眼》為米契爾的晚期作品，故事描述布蘭德雷女爵的孫女莎莉，參加了同校好友菲莉絲父親所組成的旅行團，前往蘇格蘭西部的坦納斯湖（Loch na Tannasg）調查當地類似尼斯湖水怪的目擊報告。其後，旅行團內人際關係出現蜚長流短，山屋內也發生了服毒自殺案，莎莉不認同警方的調查結果，遂請來布蘭德雷女爵探究這樁自殺案的真相。

提子墨踏入犯罪小說文壇之初，即以《熱層之密室》（2015）入圍第四屆島田莊司獎，擁有敏銳嗅覺偵探阿哈努・索亞初次登場，《水眼》為同系列續作。提子墨是北美外僑報紙的專欄作家，故事多以海外為舞台，幅員遼闊，筆觸博學而幽默、作品路線多元，不侷限於犯罪小說。他另有率領「謎案密調」小組的英國皇室加貝爾公主系列《星辰的三分之一》（2018）。

繼《熱層之密室》的太空謀殺案後，《水眼》以歐肯納根湖（Okanagan Lake）水怪歐戈波戈（Ogopogo）的真實傳說為背景，描述台灣Youtuber「晶晶希奇古怪探險隊」一行人造訪湖中央的狂風岬「水怪館」，並參加湖底二百四十二公尺深的水下觀測站「水之眼」啟用酒會，詎料竟捲入「裝置藝術殺手」的連續謀殺案。

兩篇作品的創作時代、背景並不相同，但都以廣為人知的幻想生物「湖中水怪」為引子，來作為包裝新穎的「麥高芬」（MacGuffin），毋須刻意鋪展，就能吸引讀者的目光焦點。在旅遊或日常中嵌入水怪傳說，深具將讀者拉入異度空間的力量。

創作的實務操作上，《湖畔的眨眼》的坦納斯湖其實是虛構之地，書中描述此湖位於格拉斯哥（Glasgow），尼斯湖也在蘇格蘭，距離格拉斯哥不遠，兩者有高度的地緣關係，這番影射，其實是米契爾的創作當時，英國曾掀起一股尼斯湖水怪的風潮，她遂作此書來嘲諷、挖苦。

《水眼》也具備了明確的挑戰態勢，不但歐肯納根湖確有其湖，座落加拿大西南部卑詩省境內，歐戈波戈的水怪傳說也是真實存在的，來自古時印第安部落一名原住民犯了殺人罪後，遭到大精靈降下天罰、化為大蛇的民間傳說。從十九世紀末起就不斷出現目擊情報，知名度不遜於尼斯湖水怪。

其後，兩部作品都在正式導入案件偵辦的情節後，將「麥高芬」移為次要，回歸以解謎擒凶為主的傳統路線。《湖畔的眨眼》的水怪傳說，只是一行人來到湖畔野營、旅遊的原因，故事刻劃的重點，仍然是人際關係的日常糾葛。

「正面對決」的《水眼》，故事主軸則從水怪逐漸轉換到水下觀測站「水之眼」，不過，數起裝置藝術連續謀殺案，依然與「湖水」、「龍王鯨」有所牽連，雖然沒有真正發生水怪殺人事件，但水怪的作祟——更精確地說，是因殺人罪而遭到天譴變身為水怪的傳說之陰霾——仍稱得上與水怪傳說「間接」有關，應是其中較能「貫徹」水怪傳說的作品了。

根據上述說明，兩部作品的「超自然」實驗各有發揮，也看得出多少有些侷促，誠然，這與讀者的預期不盡相同，但在旅情犯罪作品中確實罕見，也都各在水怪傳說的既存框架下，抽離出符合作品屬性的相應元素，在創作上予以落實。我想，若參考這兩部作品來建立基礎認知，應足以啟迪未來的創作者，更進一步去發揮更豐富的可能性了。

《水眼》
提子墨

舒逸探案的美式旅情VS步步驚魂的台式旅情

文／提子墨

提到「旅情」小說，有些讀者可能會好奇，歐美的小說作家也寫旅情嗎？答案當然是肯定的！早在上個世紀的三〇年代，許多讀者早已跟著阿嘉莎・克莉絲蒂（Agatha Christie）筆下的比利時神探赫丘勒・白羅，登上了從伊斯坦堡出發，開往歐洲的辛普倫快車，在車窗外瞬息萬變的美麗景色中，也見證了全世界最廣為人知的旅情解謎作品（Travel Mystery）《東方快車謀殺案》中那一起神祕的殺人事件。

兩年後，更隨著白羅的中東旅遊行腳，在《美索不達米亞驚魂》中見識過發生在伊拉克的英國考古隊雙屍疑案。白羅最著名的埃及之行，我們也跟著男主角西蒙・道爾在新婚蜜月旅途中，一次次與他那名陰魂不散的恐怖前情人不期而遇，一幕幕因愛生恨的復仇疑雲，也成為《尼羅河謀殺案》中令人不寒而慄的經典橋段。

阿嘉莎的非系列作品《一個都不留》，所設定的旅遊景點則是英格蘭德文郡沿海的「士兵島」，那也是她筆下少數沒有破案神探出現，卻仍令讀者步步驚魂的一趟島嶼之旅。看似毫無交集的十名賓客，不約而同下榻在與世隔絕的孤島上，搭配上每個人房間所出現的那首詭異兒歌，進而引出一起起在封閉異域中不可預期的連續殺人事件。那種在離海孤島上叫天不應的無助感，也為讀者增添了一抹冷冽與孤立感的閱讀體驗。

阿嘉莎充滿旅情風格的探案小說中，常有著極為強烈的異國風情，甚至可端倪出英國殖民地時期，士紳貴族們將暢遊貧窮的非洲、中東或南美洲國家，宛若鶴立雞群般高高在上被服侍的旅遊行程，視為是附庸風雅的階級表徵現象。

二十一世紀的當代小說，提及在旅遊之中探

案的作品，那麼丹・布朗（Dan Brown）的「羅柏・蘭登」系列，無疑是受到多方矚目的一套旅情解謎作品。該系列以哈佛大學著名宗教符號學者蘭登教授，於不同時期赴歐洲諸國探案為主線，在丹・布朗巧奪天工的拼裝與串聯歷史傳說的說故事技巧下，以文字引領著讀者踏遍了許多充滿宗教典故的歐洲景點，並將古老神學、宗教符號，與被衛道人士視為是異端理論的諸多元素，如鑲嵌畫般架構出充滿虛實與爭議的暢銷作品，也激起了普羅大眾對未解宗教傳聞或典故的興趣，包括聖杯、聖血，或抹大拉的瑪麗亞……種種的傳說。

無論是丹・布朗充滿歐洲宗教旅情地景的羅柏・蘭登系列，或是阿嘉莎・克莉絲蒂帶著些英國殖民地旅情的探案作品，仍被列為是驚悚／懸疑類的犯罪小說，但絕大多數的美國旅情犯罪小說，則常被出版社或書商歸類在「舒逸推理」（Cozy Mystery）的子目錄下。這一類的旅情舒逸推理多有暗香疏影的渡假勝地，尋幽探勝的優美旅程，也慣以好奇心強烈的女性為追查案情的主要角色，因此，常被Hallmark頻道改編為女性觀眾喜愛的輕犯罪影集。

單就美國作家的旅情犯罪小說而言，在命案題材與行腳廣度上也和台灣或日本的旅情有顯著的差異。除了通俗的汽車或鐵道旅遊謎團，更常著墨於美式的風土民情與戶外休閒生活，尤其是充滿渡假風情的小城小鎮所發生的殺人案。

在我所涉獵過的美式旅情犯罪小說裡，不乏有露營愛好者在不同營地遇上的命案調查、旅行拖車達人跨州渡假時涉入的謎團、旅行社嚮導帶團時所發生的疑案、旅遊專欄作家踩點時所經歷的殺人事件，甚至是長途貨運的聯結車司機，橫越美國東西岸所碰到的犯罪疑雲……。

美國讀者較熟悉的旅情舒逸推理作品，有凱倫・穆塞爾・諾特曼（Karen Musser Nortman）的「弗蘭妮・休梅克營地之謎」系列（Frannie Shoemaker Campground Mysteries），這一系列從首部作品《蝙蝠與遺骨》（Bats and Bones）開始，諾特曼就將讀者帶進滿溢芬多精的森林探案視野。男女主角弗蘭妮與賴瑞是一對退休的夫妻檔，他們每到長周末就會呼朋喚友，遠赴不同州的國家公園享受野營與健行的大自然生活。

森林峽谷是該系列最常出現的場景，也是他們遇上一起起謀殺案的主舞台，觀察力敏銳的弗蘭妮一次次協助州警或森林騎警，破解了多起國家公園的謎案！這一系列小說還有個蠻「跳痛」的特色，就是在每一個章節的結尾處，常會列出該「命案地點」的露營小貼士與野營食譜。

辛西亞．巴克斯特（Cynthia Baxter）的「用謀殺案打包行李」系列（Murder Packs a Suitcase Series）也是蠻受小說迷喜愛的旅情犯罪小說！女主角瑪洛莉是紐約「美好生活」雜誌的旅遊作家，自從丈夫去世後投身為一邊旅行、一邊撰寫旅遊見聞的作家。

她的首部同名小說《用謀殺案打包行李》，就帶著讀者們飛到佛州的度假天堂奧蘭多，在充滿棕櫚樹與火鶴的渡假中心，享受免費的高檔美食與美景，卻意外碰上了一起無良報社記者陳屍宴會廳的謀殺案。巴克斯特的第二部小說，則是發生在科羅拉多州的滑雪渡假村，每一起命案的地點都是讀者們夢寐以求的假期勝地！

台灣有旅情犯罪的小說作品嗎？答案當然是肯定的，且不得不提到余心樂的《推理之旅》。九十年代初期的犯罪小說中，能將故事場景拉至瑞士實屬罕見，也發酵出某種距離感所帶來的神祕氛圍。余心樂刻意置入經典推理小說中熟悉的元素，也令讀者神遊之際不禁會心一笑。例如，將夏洛克與宿敵莫里亞蒂決鬥的知名景點——萊辛巴赫瀑布，融入自己的小說場景中！

近幾年，台灣新銳作家的旅情犯罪作品，則有沙棠的「李武擎與唐聿」系列，以小琉球為命案所在地的《沙瑪基的惡靈》、以屏東為故事背景的《古茶布安的獵物》，或是以南投縣日月潭為地景的獨立小說《機關盒密碼：九龍遺城》，都充分發揮了旅情犯罪小說可能帶來的觀光效益。作者擅長以在地的神祕靈異傳說，包裝一場場殘酷的殺戮，而在殺戮的背後卻又隱藏著許多令人心痛的悲劇。

新生代作家中還有米夏「夏辰旅情推理」系列的《黑暗之眼》，是以宜蘭的太平山森林遊樂區與翠峰湖為場景。十二名旅客與工作人員因強颱而滯留於翠峰山屋，在宛若暴風雨山莊的困境中，陸續發生了一起起中毒命案。

相較於美式旅情，台式旅情當然不是走舒逸推理路線，架構上則更追求巧妙的詭計與謎團的邏輯，有時甚至穿插沉痛的歷史或駭人聽聞的傳說，為原本走馬看花的小旅行，增添了一抹步步驚魂的血腥味。

兩者之間最大的差異，則是美式旅情的文風與布局，受限於受眾讀者的特殊喜好，在行文風格上偏向簡約與輕盈。台式旅情反而較能在更廣泛的受眾市場，架構出不需以特定性別視角為主的旅情故事，或刻意唯美柔焦的血腥謀殺案。

《黑暗之眼》
米夏

《沙瑪基的惡靈》
沙棠

【出版資訊】

《東方快車謀殺案》（Murder on the Orient Express）–「赫丘勒・白羅系列」，旅遊地點：巴黎來回伊斯坦堡的辛普倫快車上。作者：阿嘉莎・克莉絲蒂

《美索不達米亞驚魂》（Murder In Mesopotamia）–「赫丘勒・白羅系列」，旅遊地點：伊拉克。作者：阿嘉莎・克莉絲蒂。

《尼羅河謀殺案》（Death on the Nile）–「赫丘勒・白羅系列」，旅遊地點：埃及。作者：阿嘉莎・克莉絲蒂。

《巴塔哥尼亞快車之死》（Death on the PaTagonian Express）–「艾美的旅遊探案」系列（Amy's Travel Mystery Series），旅遊地點：阿根廷。作者為愛倫坡獎最佳電視劇本入圍者海・康拉德（Hy Conrad），出版社：Kensington Books（2016）

《槍與玫瑰》（Guns and Roses）–「羅珊・普雷史考特」系列（Roxanne Prescott Series），旅遊地點：殖民地威廉斯堡。作者為阿嘉莎獎入圍者美國女作家塔菲・坎農（Taffy Cannon），出版社：John Daniel & Co.（2000）

《沙瑪基的惡靈》（The Specter of Samaji）–「李武擎與唐聿」系列，旅遊地點：小琉球。作者：沙棠，出版社：要有光（2016）

《黑暗之眼》（Eyes in The Dark）–「夏辰旅情推理」系列，旅遊地點：宜蘭。作者：米夏，出版社：要有光（2018）

韓國X台灣的「特殊設定系」小說新世界

文／喬齊安

「特殊設定系」（特殊設定ミステリ）是近年盛行於日本本格派的主流類型，就像新本格時期必須挑戰「館系列」一般，成為令和作家書寫主題的「必考題」。該怎麼理解這個類型，我們需要先回到古典犯罪小說的時光中——犯罪推理可說是一門具備最嚴格「規範」的類型文學，並講求作者與讀者間「公平」的對決。

在經典的諾克斯十誡（1928）中就提到：「故事中不可存有超自然力量」；「故事中不應出現不存在的毒藥、以及太複雜需要長篇解說的犯案工具」……等，因為在追求「能公平地用人人理解的邏輯解謎的樂趣」的犯罪文學中，如果引入超能力、超科學技術，「那什麼事情都辦得到，隨作者怎麼說都可以」，讀者無法信服，這就是犯罪推理長年以來的「約定俗成」。

然而伴隨類型的發展，重重束縛限制也終於被前仆後繼的優秀作家們尋找到突破口。假使一個密室殺人，在沒有伏筆告知的情況下，真相是超能力者的凶手使用念力犯案，肯定是讀者不能接受的解答。但假設作者「事先透露」小說中有一個人是真實存在的超能力者，「他使用念力殺人」是可能的手段，那麼讀者就能去推理、尋找嫌犯中的超能力者是誰、他會不會是凶手，這時候一部定義上被認可的犯罪推理故事就成立了。

在故事中正大光明引入科幻、奇幻等元素，並在一開始就強調那些不同於現實世界的特殊規則，邀請讀者解開奠基於那些規則上的謎團，就是「特殊設定系」推理。換言之，如果是在我們生活的現實世界，人人都懂得規則範圍內解謎，就不屬於特殊設定系。這個名詞最早出現在二〇〇五年，資深評論家大森望中的文章中。並在米澤穗信大作《折斷的龍骨》(2011)後記中出現，確定了「特殊設定ミステリ」日後被廣泛引用的起點。

二〇一七年今村昌弘《屍人莊殺人事件》勇奪該年度排行榜三冠王，銷售累積突破百萬冊，是這個類型「封神」的關鍵一役，此後出版界也開始大量推出打著「特殊設定系推理」名號的新書，這些書也紛紛得到大獎肯定，時代就此轉變。

必須注意的是，「特殊設定系」雖然在日本成為票房救星，但風潮並未複製到其他國家，以現況來看對於韓國、台灣的影響力仍不足以與東野圭吾的譯作相比。台灣出版社並未在宣傳上大打「特殊設定系」、韓國對這個名詞更是陌生。但更有趣的，是近年台韓作家在無意識中陸續創作出跌破老派讀者眼鏡、符合「特殊設定系」定義的作品。可見文學創作殊途同歸，即便不刻意追隨模仿，有識之士也自然會找到一條突破框架的康莊大道。

早在二〇一二年，出版前就確定電影化的朴蝦翼《死者的審判》是令筆者相當推崇的作品。本作設定大膽新穎：全球各地發生了「犧牲者復活現象」（復活者簡稱ＲＶ）。ＲＶ的特徵是生前屬於犯罪的受害者，復活後會準確地盯上逃過法網的加害者本人，以暴力完成復仇後冉冉消失。這本小說的懸念是，主角振宏的母親在眾目睽睽下死於搶劫的扒手刀下，令他多年來耿耿於懷。但母親化為ＲＶ回來的一日，竟凶狠地對他展開攻擊……振宏清楚知道自己不是真凶，亡母為何會有此舉動？ＲＶ明明是百發百中的啊？迷人的開端與驚愕的結局、死刑議題的深掘，鎔鑄成一部異想天開的傑作。

十年後的話題作品・李同建《死亡花》(2022)亦具備高度討論價值。一名綁架了身心障礙者，並擅自為他們動手術的男子李英煥，在被逮捕後宣稱他掌握了能夠治癒所有病痛與殘疾的醫術。李英煥無敵的醫術，來自大量的人體實驗，兩百二十三名被強制植入癌細胞、或人為殘疾致死的犧牲者，幫助這名狂人掌握了醫學的真理。他主動自首，並願意將這些技術無條件地公開，要求交換殺人的無罪判決，維護「正義」的法律，是該懲罰在人體實驗中凌虐殘害兩百二十三條性命的魔鬼，還是擁戴一個拯救人類脫離疾病和殘疾的神祉呢？小說提出了一個終極的道德悖論。

韓國被視為非常缺乏科幻小說土壤的國家。但其實從上述作品可見，筆者認為「韓國科幻」並非稀罕，只是並未作為主打元素，而是被小說家巧妙融入進其他類型中。「犧牲者復活現象」與「無敵醫術」可視為「特殊設定」，但本質也正是合理架空的科幻設定（醫術就是一種過去幻想中的科學力）。《死者的審判》與《死亡花》的特徵在於以科幻的基底建構出高度的實用性與寫實性——特殊設定的作用不是解謎的條件，而是協助小說探討社會問題的必須背景。

前者真正要探討的是「終極審判」的概念，死刑或終生監禁有辦法制裁那些輕易犯下殺人罪過的犯人嗎？或只是單純地滿足遺族的報復之心？RV現象意外地成為作者顛覆法律刑罰系統的妙絕巧思。後者則刻劃出「完美醫術出現後，人類會產生什麼反應？」的人性啟示錄，在支持與反對李英煥赦免的國民衝突中洋溢濃厚的警世意味。韓國系小說不那麼注重按部就班地解謎、卻更強調人性善惡與社會議題，筆者認為冠以「特殊設定系犯罪小說」之名再貼切不過。

台灣作家在特殊設定系的發揮絲毫不落人後，與奇幻、靈異等類型之融合更顯得創意之天馬行空、百花齊放。沙承檣・克狼獨樹一幟的「獸人推理系列」在兩本已出版作品：《三億元事件》（2018）、《緝毒犬與檢疫貓》（2021）中開創了出場角色均為「獸人」的新世界，裡頭

《三億元事件》
沙承橦·克狼

《緝毒犬與檢疫貓》
沙承橦·克狼

角色均為具備智力與正當職業的獸人先決下，發生犯罪事件的思考路線也與別不同，必須以野獸的特性來進行推測。如〈三億元事件〉的中獎彩卷在光天化日下消失、現場更沒有留下足跡與聲音，警方便擬定「飛行速度與肌肉力量見長的鷹獸人」為調查方針。小說藉由將野獸擬人化的思維與想像，刻劃出行動、對白饒富趣味的可愛角色，也得以讓故事產生許多前所未見的邏輯推演蹊徑，是了不起的類型突破。

二〇二二年可視為台灣特殊設定系作品大鳴大放的一年，犯聯成員林庭毅《冤伸俱樂部》與千筆《魔導學教授的推理教科書》繳出足以在本土犯罪小說史上留名的亮眼新作。前者由凡人警探與「不亡人」女主共同辦案，不亡人是作者構思的全新人設：與民間信仰中被帶去城隍爺前受審的亡靈不同，有些死者死因不明不白、生前行為陰間無法判定善惡，代表此人命不該絕，是因不明原因身故。於是得到陰間給予額外生存的時間與能力，在陽世找尋真相證明生平清白。

不亡人外貌與人類無異，但祂們擁有超乎尋常的怪力，人類更看不見其本體存在。若出現了一名不亡人連環殺手，肯定是人類與陰間都難以應付的大患。《冤伸俱樂部》以靈異小說主旨入題犯罪冒險的核心，在戲劇性強烈的角色信念衝突內裡探索的仍是林庭毅擅長的真摯人性情感。

《魔導學教授的推理教科書》則帶有「魔法老師版偵探伽利略」的既視感，嚴格來說本作的特殊設定並不是那麼特殊，因為背景的魔法世界運行規則，對於奇幻RPG有認識的讀者們應不會太過陌生、需要作者一一解釋說明。但本系列優異之處也正在此，千筆不可思議地將本格推理的王道詭計：密室、死前留言、消失的凶器……完美地融入魔法世界，誰說懂得魔法解謎就比較簡單呢？每一個世界因應該世界觀與民族文化，其實都會發生不同現象的奇妙謎團吧。千筆以輕小說的載體承載質感十足十的魔法謎題，就像漫威炸開平行宇宙一般開拓了犯罪文學的可能性。「特殊設定系」接下來在台灣還會出現什麼難以預料的破格傑作，筆者引頸期盼。

《魔導學教授的推理教科書(上)(下)》
千筆

台灣語境下的「特殊犯罪」──台灣犯罪文學．特殊犯罪十三作

大部分作品都是二次大戰前的寫作方式，密室，錄音帶的使用太過陳舊了，既然小說是創作就應該要創新，推理小說也不例外。

──〈第一屆林佛兒推理小說創作獎總評會議〉（1989）

作者普遍體認到必須以自己的經驗為創作依據，即使不能親身體驗，也要對所描述的人物、背景有深刻的認識，如此寫來，才不會僅是空泛的皮相。

──〈第二屆林佛兒推理小說創作獎總評會議〉（1990）

我覺得推理小說的情節往往受限於命案的發生，一旦追查出凶手後，讀者就不想再繼續看了，久而久之形成了一種公式，也使推理小說的路越來越窄……我希望這是國內推理小說超越單純的命案推理的契機。

──〈第三屆林佛兒推理小說創作獎總評會議〉（1992）

以往的作品多限定在謀殺案，本屆則出現多樣化的題材，在詭局上也較有新意。二是寫作技巧較變化，向現代人生活都會用到的電腦也被巧妙用上了。三是融入了特殊經驗，包括軍中環境、離島生活、特殊族群等，此種寫法的好處是，讀者可以接觸到新的人、事、物。

——〈第四屆林佛兒推理小說創作獎總評會議〉（1992）

本期的「十三作專欄」，選擇了一個頗為棘手的主題——「特殊犯罪」。它的困難度在於，容易成為一種「各說各話」的價值選擇或者判斷。誠然，何謂「特殊」確實是一個難以量化或辯證的題目，然而，倘若我們暫且放下主觀的、對於閱讀喜好與感官的感受，嘗試回到台灣犯罪小說發展的歷史脈絡中，依舊可以發現一旦談及「特殊性」，總會伴隨著對於如何「在地化」及其表現的探究。楊照與陳銘清在1990年代初期針對「本土特殊面相」的辯論，即是非常具體的例子，儘管他們在這場論戰中並未取得共識，然而楊照將「關懷本土」視作建立文類「鮮明輪廓」的特殊性甚至主體性的重要途徑，與陳銘清期許本土作品具有「更高層次且富含創意」與「推陳出新」的「原創物」，皆將這種「特殊性」作為區別或者抵抗外來犯罪文學的重要價值，顯示出除了「本土」這個關鍵詞之外，我們似乎更應該針對「特殊」一詞展開歷時性的、以作品為主體的觀看。

林佛兒推理小說獎，可以說是台灣犯罪小說於在地化萌芽階段，非常重要的指標，它除了選出了許多台灣犯罪短篇佳作，提供當時本土作家的發表園地，每一屆的評審意見，也都彰顯出那個尚處於文類「探索」時期的台灣犯罪文壇的一種「典範」的趨勢。從這四屆的會議紀要中可以發現，「創新」所涉及的，正是作者自身獨特經驗的轉化，它既能夠結合時代與社會的氛圍，也能避免空泛或複製，進而產生多元的意義，讀者也能從中獲得嶄新的閱讀體驗。

值得注意的是，對照楊青矗的結語中「往往受限於命案發生」的小說情節以及「公式」，自然是針對歐美、日本這些外來推理作品而言，因此「擺脫窠臼」，一直都是犯罪推理文學在台灣發展的一致追求，也是當時所欲建構台灣推理文學主體性的重要指標。

以此，我們應如何避免這種「特殊」流於某種主觀或感受性的認定？回顧並正視台灣犯罪小說中的「台灣語境」——從社會性到地域性的連結、替代過程中，將「台灣」放入社會情境之中——作家以「台灣」的地域性範疇為主，探索日常經驗，進而反映社會現實；通過地域性與社會性的結合，讓推理小說的場景能夠充分落實於台灣，因此形構了具有「台灣性」的特殊敘事風貌。這其實就呼應了景翔（1986）所說的：

> 好的推理小說常常毫無隱蔽的，把一幕幕人生的場景、社會的實況披露給我們看。透過作家精巧的構思、玄妙的推理和文藝寫作技巧的呈現，與其說我們在推理小說中看到的是血的殺戮、情的糾結、財的貪婪、色的誘惑，不如說我們看到的是精彩的腦力激盪和社會縮影。（頁15）

早期台灣有許多作品都以此項特殊的敘事方向予人非常深刻的印象，例如林崇漢《收藏家的情人》（1986）、葉桑《顫抖的拋物線》（1993）等作品，除了敘寫人情，更保留了許多不可被替代的台灣地景及街道地圖；比較少有讀者關注的楊寧琍《失去觸角的蝴蝶》（1992）、《鑽石之邀》（1992）則寫出了在經濟起飛時期的人們孤寂與束縛的心理，既顯示出現代化城市空間的紙醉金迷與繁華，也表現了人物對現代化的嚮往與摒棄；其中也不乏對於台灣時事的見解，如余心樂〈真理在選擇他的敵人〉（1992），以及特殊的中、台歷史情境的刻劃，如思婷〈客從台灣來〉（1989）。這些作品的特殊，或許並不在於推理或解謎情節的精巧，而是它們往往能夠準確地切合台灣社會環境的特殊性，進而在所謂「台灣風味」的擷取中，取得一定程度的認同心理。余心樂〈洗錢大獨家〉（2008）、林峰毅《師大公園地下社會》（2019）、楓雨《沒有神的國度》（2020）、秀霖《人性的試煉》（2022）等作，或多或少也從當代的角度，重新詮釋並回應了這些複雜糾結的社會現象。

當然，這種觀察，並不意味著台灣缺乏在推理性上推陳出新的嘗試，林斯諺《瑪雅任務》（2014）即相當精采地找到了一條穿梭在虛實界線邊緣的創作途徑，在層層的反轉中表現出作家在此一文類上的創新；天地無限《滯留結界的無辜者》（2021）也嘗試從靈異的角度，賦予傳統密室題材新的生命；既晴《請把門鎖好》（2022）則延續著他帶有驚悚、恐怖、魔幻風格的犯罪敘事，建造出他獨有的世界觀與事件漩渦。這些作品都能引領讀者看見台灣犯罪小說的創作能量，也顯示出突破傳統題材限制，除了擁有豐沛的在地元素之外，寫作技巧的縝密邏輯與創造，仍是不可或缺的重要部分。

此外，關於「職人」及其專業工作所帶來獨特的面向及觀點，近年來在相關的影視作品中也成為非常受到大眾歡迎的題材，早期已有如余遠炫《119！急先鋒》（1997）、《救命啊！警察先生》（1997），如實地呈現消防員與警察的工作景況，而這些專業角色如何在日常生活中，與其他人群、地方或空間產生交集與互動，亦出現極為有趣，同時又非常具有現時性的閱讀感受；不藍燈《快遞幸福不是我的工作》（2009）、飛樑〈來者〉（2022）關注穿梭於城市大街小巷的運輸者；海盜船上的花《牙醫偵探：釐米殺機》（2018）、《牙醫偵探：網紅迷蹤》（2021）以牙醫的視角追索不為人知的祕密，非常切合人們對於該職業的懼怕與敬畏；牧童《珊瑚女王：「文石律師」探案系列》（2013）、《天秤下的羔羊》（2018）以律師的角度解析了法理與人情的糾結；吳震《人獸》（2021）回應動物權益與平權的當代社會；以及海外作家牛小流《藥師偵探事件簿：請聆聽藥盒的遺言》（2018）、《藥師偵探事件簿：請保持社交的距離》（2021）貼切地以執業藥師的角度書寫了影響全世界至今的 COVID-19 疫情。這些作品的問世，都讓讀者看見在專業愈來愈趨向專精與分工的當代，生命經驗的殊異如何能夠轉化生產出截然不同之觀照的可能，而且這些被書寫的角色，同樣地貼近社會大眾，也賦予了犯罪小說更多元的創作空間，進行形構出它們的特殊價值。

然而，我們始終不能迴避的是，如克雷斯維爾（1996／2006）所言：「人、事物和實踐，往往與特殊地方有強烈的聯繫，當這種聯繫遭到破壞，他們就會被視為犯了『逾越』的罪刑」（頁 47），所謂「罪刑」不只是人性或人與人之間的各種惡意，也從不同的個體與其所自我辨認的地方相互依存的連結上，透過謀殺的失序關係，象徵了不同人與不同地方間的改變；而「逾越」本身也具有一種特殊的語義，它必然具有某種跨界的意涵，且通常表現的是從「日常」跨越到「非常」的領域，犯罪的發生，也意涵著各種層面、不同向度的「失序」，它可能表現在人的情感關係、肉體情慾，也可能表現在空間暫時性與永久性的變動、歷史變遷以及偵探主觀的觀察與認知等面向。

也就是說，本專欄嘗試在台灣犯罪小說的發展歷程中所尋繹的「特殊犯罪」，並不僅是執著於它的詭計／不在場證明／謀殺手段等推理性的新奇或令人意外，也不見得是提倡或揚發敘述性詭計或情節反轉等小說敘事技巧，而是我們如何在這個發展過程中，選輯具有代表性的台灣犯罪小說，除了能夠看見那些能夠反射人們的集體經驗，對應新時代下的生命情境，並在特殊性的渲染與建構下，還能述說「犯罪」如何給予對於匱缺的關懷，或者更面向深層心理的作品。

參考資料

克雷斯維爾（Cresswell, T.）（2006）。《地方：記憶、想像與認同》（Place: A Short Introduction）（王志弘、徐苔玲譯）。群學。（原著出版年：1996）

景翔（1986年11月）。〈名家賀詞〉。《推理》，25-15。

台灣犯罪文學
特殊犯罪十三作

《童話之死》(躍昇文化，1992)
楊寧琍

一九九二年躍昇文化一連出版楊寧琍六本推理短篇小說集，以女性偵探「丁昭琳」為主要視角，表現出與本格復興方興未艾的一九九〇年代所展現出的推理知識性相當不同的性格。由於丁昭琳是一位家庭主婦，因此她所關注的，多半是「家常生活」，因而迴避了透過偵探之眼主動接觸案件、拓展生命經驗的可能，且使得她更具有大眾性，成為普羅大眾的某種縮影。

《童話之死》收錄了〈童話之死〉與〈弱者悲歌〉二篇中篇小說，其中〈弱者悲歌〉關注正值經濟起飛的時代裡，於工廠工作的三個敘述者：作業員徐玉蘭、企劃組員工方友生和伙食部門的鄭月琴各自的日常工作、與伙食婦的關係以及所目睹的凶案現場，整理出作為場所的工廠的日常景況，是所有員工的休息時間被剝削，有著似乎永遠都做不完的工作，並且在廠內具有高壓的階級統治，以及伙食婦日復一日所受到不公平待遇、惡意、欺凌時，卻也只能忍氣吞聲、逆來順受的姿態。

另一方面，本篇小說所表顯的日常，構築了場所與場所精神，即從工廠內員工的行為、感官感知、情緒等總和決定了某種特殊的環境特性，也反映了這個場所的本質；這也是它最具備「特殊犯罪」的核心，因為從凶殺案的發生到偵探的解謎及所謂「公理正義」的揚發，俱延展出更具社會意識的關懷，這層社會關懷，實際上仍然表現了至少是創作年代時的社會景觀，例如對血汗工廠、職場階級霸凌、人性惡意的控訴，傳達了一定程度的在地性意義。

在《勞動基準法》、《工會法》、《團體協約法》、《勞資爭議處理法》、《個人資料保護法》等更重視勞工權益的當代，本書亦能讓現今的讀者反思人們日常生活中或許不那麼容易看見的角落、他人的身影或處境，是否有能夠再進一步關注的可能。

《修羅火》(皇冠，2006)
既晴

既晴早於《別進地下道》開始，便以「怪奇偵探」張鈞見系列探案奠定其在台灣犯罪文學中的地位。這一系列探案不僅僅是一般的偵探故事，它巧妙地將台灣真實的場景、事件納入作品中，創造了一種獨特的敘事結構，成為台灣犯罪類型文學中獨樹一幟的存在。

與既晴同期的犯罪小說作家中，無論是自我定位的選擇，或者從作品中綜觀所得的風格，多數作者的創作傾向都會有一個明確的派別，在「本格派」、「社會派」還是「冷硬派」中有所取捨，而既晴並未受到這些派別的束縛，他從未定下清晰的創作路線，然而，其作品幾乎涵蓋了犯罪小說的所有範疇，且具備易於辨識的類型元素。其中《修羅火》更是他創作中的特殊作品，以「諜報」及「新興宗教」這兩個在台灣創作中罕見的元素，試圖探觸犯罪小說的邊界，也揭示了他創作路線的多樣性。

最值得注目的是，《修羅火》中提及的「新竹計畫」，即台灣的核彈研發，是一九六〇至七〇年代台海冷戰期間的秘密軍事行動，當現代文學與真實歷史事件交融，台灣讀者得以從熟悉的文化背景中，窺見多年前社會中不為人知的面向。

這也是「恐怖份子」此一元素首次納入台灣犯罪文學的範疇，大量的動作場面的融合，其真實性與緊張感並存、高強度的節奏的筆法貫串全書，令讀者在閱讀中不斷地為情節發展和翻轉感到意外。而其長篇的篇幅，更呈現出一種「限時破案」極限的風貌。「新興宗教」的議題，也對當代台灣的社會問題進行了反思和探討。這種對於犯罪類型的跨界與挑戰，正顯示了台灣犯罪小說勇於創新的精神。

《私家偵探》(印刻，2011)
紀蔚然

《私家偵探》的主角吳誠曾是一名大學教授同時也是知名劇作家，卻在一次因酒後引發的插曲「龜山島事件」憤而退出戲劇界，就此以私家偵探的身分隱居於六張犁。

總是坐在「咖比茶」咖啡店一邊聽著好友瞧政治，一邊讀報的他就和誠如台灣所有徵信社一樣，工作往往與都會男女的情感糾紛脫不了關係。然而在看似平靜的日常生活背後，一起足以震驚台灣社會的計畫性連續殺人命案正在暗中上演……

小說透過吳誠的視角，描述他成為私家偵探的原因，以及他追尋自我的旅程。他的心理描寫綿密濃厚，讓讀者感同身受，並透過幽默詼諧的句子帶來一些笑點。隨著故事的發展，故事逐漸帶有推理小說的氛圍，吳誠被警方當成嫌疑犯，進一步介入連續殺人案的調查。

冷硬派偵探不僅書寫案件也書寫人、書寫整座城市。吳誠反對科技，僅憑眼睛、耳朵和助手添來的一輛計程車踏實辦案。藉由偵探的視點，嘲弄名嘴與談話節目，隨處隱含著小人物在大城市中的幽微觀察與人情冷暖。六張犁的街道是故事的舞台，對比紐約的繁華與紙醉金迷，它不過是一座位處都市夾縫中的小地方，卻也透過這樣的小地方，才能表現屬於台灣的文化及其獨有的地方風貌。

《無名之女》(皇冠，2012)
林斯諺

一部引人入勝的愛情推理小說，故事講述男主角遇見一名自稱是他女友的女孩，然而她的外貌與記憶卻完全是兩回事。這個謎團讓讀者跟隨主角一同探索愛情的真諦，以及人類情感的複雜性。

故事開始於校園邂逅，女孩不顧男主角的猶豫，強烈表達想成為他的女友。男主角被她小惡魔般的魅力所吸引。但一年後，女孩卻突然失蹤，男主角曾孤獨等待她的歸來。然而，當她終於出現時，卻是長相完全陌生的女孩，聲稱自己的腦部被交換，但確實是他的女友。

主角陷入了思想的泥淖中，如果能接受這名陌生女孩，是否表示他愛上了另一個人？這些問題貫穿整部作品，作者以抒情的方式拉開序幕，描繪了人類深奧的心理，將愛情和心靈的糾結巧妙地交織在一起，帶領讀者進入哲學思辨的境界。

男主角和女孩之間的情感紛亂，讓讀者感同身受，這種抉擇充滿著對人類情感的矛盾之處。對於「如果一個人的腦子被更換了，這個人還是不是同樣的人？」這個哲學性的問題，作者以記憶持續與身體持續的兩種理論進行判斷，讓讀者深入理解探討的議題。

在劇情安排上也下了不少功夫，運用三種敘述模式，增加了事件的複雜度，混淆讀者的視聽，也讓整個過程變得更生動、活潑。本作融合了哲學思辨，讓人回味無窮，作者以其獨特的筆法和深入的思考，成功打造了引人入勝的情節。故事中的愛情考驗和複雜的人類情感，以及對於身體和心靈的深刻思考，將讀者帶入一場充滿謎團的心靈之旅。

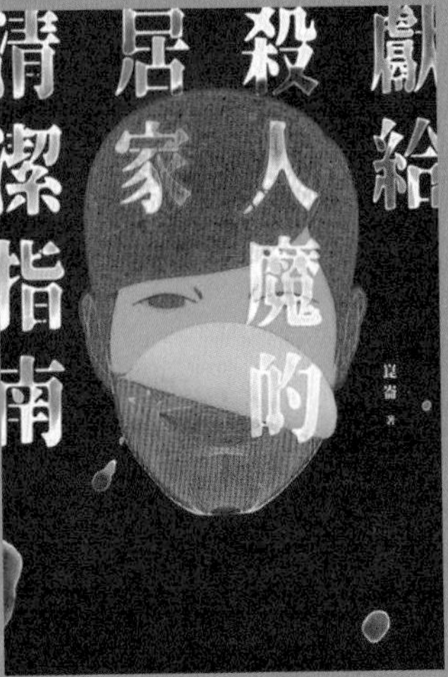

《獻給殺人魔的居家清潔指南》(鏡文學，2018)
崑崙

在殺人分屍、酷刑虐待以及「以人為本」之食材、廚藝、餐點的書寫方面令人記憶深刻，血腥殘暴的畫面和片段尤其寫得鉅細靡遺——讓讀者不禁游移在掩卷避讀和著魔入魂之間，渾沌混淆，配合潔癖似狂的貓系少年殺手，男主角十年，營造出極其荒謬的落差感、反差感，使得本作提供給讀者十分新穎的閱讀體驗。

除了官能獵奇加上黑色幽默，本書也呈現出充滿匠人、職人精神的世界。每個角色的行為活動皆邏輯自洽，專業的世界運作起來非常乾淨俐落。在商言商。強調「活的不收」，身穿宅急便制服的收購商。神出鬼沒，充滿大老闆氣場的情報商大衛・杜夫。本作於是有一點美國動作驚悚片《捍衛任務》系列（2014–2023）的味道，只不過電影中帥氣的角色約翰・維克（基努・李維飾演）毋須嘴上叨叨絮絮，毋須親手發揮居家清潔技能。男主角十年的潔癖又肇因於童年陰影，這又讓人想起史蒂芬・金非常熱愛深掘的議題。至於復仇的故事更是經典如林。即使眾多名作在前，本書卻透過特殊設定的推理故事，處處展現自身的與眾不同，極其難能可貴。

體制外的抵抗，並且堅持要維持乾淨，像不像台灣時常上演的學生遊行、年輕人為主體的公民遊行？活動結束以後留給其他大眾的是一個個彷彿清潔大隊賣力掃除過的場地——新世代的我們有著更堅定的堅持，一項技能發揮至極限之處，便是最可愛的職人形象。

故事中還有一位設定為附加「社畜」屬性的「地獄倒楣鬼」，年輕女性，平日勞碌繁忙度過每一天，突然莫名其妙闖入主要以男性殺手為主的殺戮戰場，成為讀者較為容易同理感受的角色，劇情發展的關鍵催化劑或推進器，一個充滿不確定性的因素。這裡衍生一個命題，強大又孤單，和社會斷絕各種緣份的獨狼，究竟歸宿如何？如何收尾？當男主角誓言殺盡島上傑克會的成員，宛若專門對付「白鷺」、「紅鷺」的「黑鷺」（專門對付詐欺師的詐欺師）；私法正義的執行者在惡龍紛紛倒下的時候，也逐漸進入自己人生的倒數階段。如何確保年輕又英勇的騎士不會在長期沐浴龍血以後成為最後一隻怪物，犧牲他？或者，本書已經給出兩、三個更好的答案。

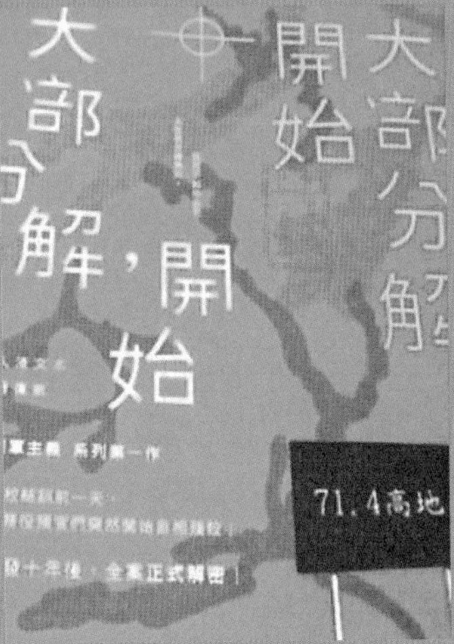

《大部分解，開始》(奇異果文創，2019)
人渣文本（周偉航）

《大部分解，開始》是作者「人渣文本」周偉航以親身經歷改編的作品，巧妙的將一些台灣國軍特有的元素融入在各章節之中，來述說一名義務役預備軍官在受訓的最後一天，所發生的特殊事件，以及後續的一連串發展。

故事的核心圍繞在一個軍用品遺失的事件。一般而言，遺失某件物品多半不是什麼大不了的事情，嚴重性主要會因遺失物品的價值而呈現正相關，例如掉一隻筆和掉一副眼鏡之間可能會有嚴重的差異，但仍然限縮在大多數人能夠承受的範圍內。然而，要是遺失物品的事件發生在「軍營」裡面，其嚴重性就會因應環境的特殊性而放大，變成一個需要在限期破案的緊急事件。在這種情況下，即使發生的事件不涉及屍體和血腥暴力，但是呈現出來的氛圍與緊張感比起凶殺案毫不遜色。

在台灣，服兵役是男性國民應盡的義務，即使每個人服役時分發到的地點與環境皆不相同，但提起當兵一定會勾起一些共同的記憶，例如營區內的生活環境惡劣、伙食不豐盛只能追求養分攝取、管理不佳時常被指派去做爛事、感受不到服役的意義只想著休假和退伍等等。這段經歷讓大多數人的心中建構出一個對於國軍的特殊印象，彷彿經歷過的軍旅生涯是處在一個超脫於現實生活的特殊空間所完成的，而在閱讀這部作品之時又再度浮現出那段不堪的回憶，但同時又能夠自動代入到故事中遺失軍用品的情境，也不由自主地得跟著小說的步調關心起找尋遺失物品的進度。

這個現象也帶出了這部作品的另一個特殊性，不僅登場人物的身分、案件發生的場景、辦案過程及敘事手法皆有特殊之處，甚至能夠操控人心，讓讀者在閱讀過程中回想起自身經歷過的部隊生活，讓閱讀不僅僅是得知他人的故事，還順帶回顧了自己那難以忘懷的青春。

Dentist Detective:
網紅迷蹤
牙醫偵探
The Missing Influencer
眼前這個女孩，和三年前的病人，
用著同一張健保卡，牙齒卻顯示是完全不同的人……

《牙醫偵探：網紅迷蹤》(要有光，2021)
海盜船上的花

相信許多人都有過看牙醫的經驗，但有沒有想過，在這幾釐米大的牙齒裡，埋藏著多少秘密，小至生活習慣，大至犯罪證據。小小一顆「牙齒」，也能引起漫天風暴

《牙醫偵探：網紅迷蹤》是《牙醫偵探》系列的獨立續作，依然保有首部作品的特色，由職人「牙醫」為偵探主角，以在診間治療病患的經驗為基底，發展出令人意想不到的情節。

牙醫主角在診所治療一名智齒疼痛的年輕女性，比對X光片後卻發現，病患那顆早就被拔掉的智齒，如今卻再度出現在口中。同一張健保卡，同一個名字，放射影像卻顯示眼前的人和多年前是不同的人。本來以為只是冒用健保，卻在一系列的調查之後，揭開塵封多年的秘密。

看診之後，那位年輕女性就失蹤了。為了解

開她的身分之謎，牙醫到處打探，卻意外目睹了一樁謀殺。種種跡象都顯示，多年前的那場意外，是一切謎題的答案。

然而對於當年的意外，人人各執一詞。四種版本，究竟誰說的才是真的？

同時，專挑孕婦下手的連環殺人犯在暗地裡潛伏。牙醫沒想到的是，為了追求正義，自己即將付出慘痛的代價

故事同時也探討了當前正紅的「網紅」文化，揭示了社交媒體平台，對網紅本人、對粉絲、甚至對整個社會的影響。當人們選擇性的揭露自己，你眼前看見的人是真實的嗎？還是只是一個包裝過的美好虛假形象？

整個故事結合了現代社會的網路文化和懸疑推理，以職人精神貫穿主軸，小說各場景與事件也極具畫面感描述。而隨著劇情抽絲剝繭，在每個真相背後都還包覆著另一層事實，當最終結局揭露前，都還不停地反轉的作品。

《幸福森林》(尖端，2021)
魏子千

許多人童年都有過與動物娃娃相伴的經驗，如果某天這些可愛的娃娃被植入微型電腦，擁有了自我意識會發生什麼事呢？人類的道德與社會規範在這些娃娃眼中將會如何被解讀的呢？《幸福森林》的故事舞台即是設定於人工智慧（AI）趨近成熟的近未來，娃娃們既是玩具也肩負起教育孩童的責任，它們所居住的小鎮「幸福森林」被視為一個與暴力無緣的夢想樂園，然而在這樣的和平園地某天卻出現了「凶手」與「被害者」……

同一時間，一部流傳於暗網的孩童虐殺影片中偶然出現了人偶們彼此互毆的場景，奉命調查人偶暴力行為的工程師不遠千里來到偏遠的英國小鎮，在那裡邂逅了熱愛「幸福森林」娃娃的單純女孩，殊不知小鎮所發生的一切彷彿都在暗示著現實世界的殘酷過去……

除去「凶手」「被害者」「偵探」等犯罪小說的重要角色皆由玩具人偶擔任的「特殊人物」以外，本作也巧妙利用娃娃世界的特殊設定，在本格物理詭計的框架下完成「不可能犯罪」。透過現實與玩偶世界的交錯進行，讀者可以從各自的世界探尋到彼此相呼應的線索，從而理解兩方世界的對應關係，以及許多隱藏在角色背後的祕密。

另外本作也透過「睿智的灰兔老師」蘇利文之口探討人工智慧與社會道德的關係，暴力的本質為何？人該如何理解暴力？透過娃娃們針對「自我」的反覆詰問，引領讀者們走入由少女神祇所建構的夢境世界。

《婚前一年》(尖端．2022)

李柏青

男人都會犯錯，對吧？楊艾倫是一名在臺北工作的律師，他和女友交往已有三年，剛向她求婚，約定在女友一年的國外留學歸國後結婚。這似乎是一個美好的未來，直到一個不容忽視的選擇搗住了他的道路。

當女友出國之後，楊艾倫的過去卻以令人震驚的方式回來找他，前女友要離婚，並委託楊艾倫擔任她的律師。這個出乎意料的請求將楊艾倫推入一個道德和情感的泥淖中，他面臨著極為艱難的抉擇。他該如何平衡對過去和未來的承諾？他能否在婚前的這一年中找到答案，並保持冷靜？

《婚前一年》乍看之下很難定義為犯罪懸疑類型的奇妙作品。表面上看似為一部描寫職場生活的大眾小說，在字裡行間帶入了日常推理的元素，但作者將這些元素以及預藏的小伏筆，疊加起來到最後一刻爆發出專屬於犯罪類型小說的意外性結局，迫使讀者懷疑自己是否漏看了什麼關鍵線索，導致在最後揭露真相時久久無法自已。

作者李柏青其創作類型橫跨犯罪推理及三國歷史，在兩種不同的創作領域皆能夠對於人物的描寫下足功夫。任何人在不同的社群之中，會扮演不同的角色及呈現出不同面向。作者很妥善的運用這個原則，將每個登場人物都塑造得具有立體感和層次感，即使是不太重要的角色，其存在感也不可忽視。整部作品依據角色與角色之間的互動來搭建出完整的故事架構，連帶鋪陳一個隱藏的謎題給予讀者一個細心及耐心的挑戰。

《人性的試煉》(要有光，2022)
秀霖

一名純樸小鎮的早餐店店長，發現素未謀面的女兒意外身亡，單打獨鬥追查，卻慘遭黑白兩道阻撓追殺，更牽扯出守護二十餘年的祕密與政治惡鬥；而二十年前的一樁重大犯罪，雖然當年犯罪者機關算盡，最後仍舊無法獲得完美結局，卻刻意留下一個關鍵的復仇伏筆；二十年後某名亡命之徒，計劃逃往海外重生，卻被當年承辦那樁重大犯罪的退休警官盯上，一場貫穿二十餘年的懸案，能否就此畫下仇恨的句點？

《人性的試煉》創作靈感源自於二十多年前的台灣，當時的社會背景與環境，已相當盛行電話詐騙，甚至還逐漸傳至國外橫行，而這三段故事便是由當時常見的不同詐騙手法延伸而來。現在的詐騙手法雖然或有不同，但人一生中的親情、愛情、友情，是否真能不因自身利益、自身安危的抉擇而有所改變？這是現實中相當殘酷的人性考驗。

這部作品相當具有台灣社會的在地風格，並於出版之際，獲得釜山國際影展IP轉譯單元官方評審推薦，成為台灣代表作品之一。除亞洲影視公司外，甚至還有歐洲影視公司，因為對於作品劇情的峰迴路轉及人性試煉的深度刻劃，表示對這部作品的影視化極感興趣，並反饋這部作品的精彩內容及人性描繪，特別是在親情、愛情、友情及自身利益、自身安危的試煉及抉擇上，具有跨越種族、文化及國界的特性，亦表現出「人性」的主題及其關照，亦能成為當代台灣犯罪文學的重要敘寫主軸之一。

這部作品的一大特色，就是藉由故事劇情的事件分歧點，所出現的人性考驗，此一特殊性，讓故事中不同人物必須面臨各自所屬的痛苦抉擇，進而開展出同時具備個體殊異性和集體性的精采故事。

《成為怪物以前》(印刻．2022)
蕭瑋萱

《成為怪物以前》是一首充滿惡臭與死亡，但同時散發著香氣且隱匿著新生情愛的詩篇。故事以特殊清潔員楊寧為主角，她在亡者現場蒐集遺物，卻意外捲入凶殺案，被迫證明清白。她依靠特殊的嗅覺追尋蛛絲馬跡，師從連續殺人犯程春金，一步步走入怪物的世界，卻也陷入更深的危險之中。

這本小說以優美、細膩、寫實的筆調，展現出角色內在情緒的起伏。作者描述肢體語言和表情，栩栩如生地呈現每個角色的性格。楊寧的探索之旅，將我們帶入怪物內心的黑暗世界。遇到程春金等連續殺人犯時，我們也不禁擔心楊寧是否會被誘使成為怪物的一份子。

然而，這本小說也提醒著我們，若要與怪物戰鬥，必須小心不要成為怪物。在深陷黑暗河流的同時，楊寧也透過洗滌心靈的髒水逐漸重生。這是一部令人不禁反覆思考的作品，作者以她獨特的筆觸，揭示了怪物內心的複雜性與人性黑暗的一面。故事帶領我們探索那些令人不安的特殊犯罪，同時呈現出楊寧在黑暗中求索真相的勇氣與堅持。

閱讀時就像是走在陽光照耀下的海邊，卻不時回頭凝視那黑暗的洞穴，深怕將會與主角一同被吸引進入怪物的世界。作者在這部小說中展現出她深刻的洞察力與才華，使角色們的故事動人又令人心驚，引領讀者開啟了一場探索人性與真相的旅程，與思考黑暗和光明之間的那一道界線，是一部值得細細品味的作品，讓我們感受到人性最深處的複雜情感與人性的光輝。

《冤伸俱樂部》(奇幻基地．2022)

林庭毅

命已絕，卻不該死，生前作為無法定善惡，死後判官也沒轍，只好化為「不亡人」——本作最特殊之處來自於「角色」設定，便是這群介於非生也非死的不亡人，這群特殊角色不像傳統故事無法用肉眼可見的孤魂野鬼，他們具有人類的實體，但又困於永無止盡的不死生命，不斷在陽間執行城隍所賦予紀錄凡人善惡的任務，但隨著時間拉長，也成了一群墮落懈怠的陰間鬼差，整日於冤伸俱樂部虛耗度日。

故事開頭，藉由一名具備偵查天份，且不信鬼神的刑警王煦裔之口，說出：「這世上沒有鬼，如果有，鬼是人變的，那陰間應該也跟人間差不多。」帶出接下來一連串離奇又不合常理的凶殺命案情節。

《冤伸俱樂部》其特殊性在於，如果陽間會有的辦案困境與執法人員怠惰，放到陰間的鬼差上，會發生什麼事？等同將奇幻元素巧妙融入犯罪小說中。讓一群依靠科學辦案的警方，面對各種離奇線索，造成依循邏輯辦案的刑警思考上的困境。面對擅長思考「魔鬼藏在細節裡」的警方，卻逐一掉進「細節藏有魔鬼」的陷阱之中。

除此之外，故事涵蓋都市傳說、犯罪偵查、幫派鬥爭、與政治權謀，利用貪欲、復仇，及各種人性弱點，將一開始確立的人物關係不停重新塑造，從猜忌、合作，並反轉，直到最後一刻，還無法確認眼前的證據是否能代表一切真相。

本作在嶄新的二十一世紀繼承了台灣網路文學最鼎盛、最暢銷的「靈異」系譜，雖披上刑偵小說的外衣，但核心依然圍繞人類千古來最難解的情感：愛情。究竟互相愛戀的靈魂在死後，可以為彼此獻身到何種程度？藉由非生非死的特殊設定，讓渴望逃脫陰間法條制裁的人們，一個奮力一搏的小小空間。

《403小組，警隊出動！》【修訂版】(要有光，2023)

顏瑜

以《403小組，警隊出動！》賣出影視版權、《套條子》勇奪第三屆鏡文學百萬影視小說大獎首獎、《七十號，你的鳥歪了》刻劃台灣首部警校背景故事……正港職業警察出身的作家顏瑜，正以他獨樹一幟的警察文學席捲類型小說文壇。即使在本土警察小說史上發表時間晚於知言《我有罪・我無罪》（2016）、林慶祥《刑警教父》（2017），但作者本人具備的特殊身分、實務工作累積的觀察之眼，不僅為作品奠定無可挑剔的說服力，更從前人、日本作品未見的角度剖現出「台灣人」的獨特性格。

「有句話是這樣講的，從開始學會了摸魚，你才算得上是真正的警察！」《403小組，警隊出動！》的主角是板橋分局的「403小組」搭檔，然而與所有讀者耳熟能詳的警察劇大相逕庭的是，資深警察王碩彥指導後輩的並非辦案技巧或正義理念，而是如何在勤務中摸魚偷雞、推案裝死。有謂軍警本一家，倘若體驗過國軍「閃躲飄」法則的人，或會對顏瑜小說中「大逆不道」的台灣警察本色會心一笑，且認同在台灣若將警察神格化是脫離真相的逃避。警察在犯罪小說中並非罕見角色，然而在這個國家權力的組織核心裡著力強調負面文化、風俗的內容，放眼全球作品也肯定非常特殊。

當然，本作仍具備動真格的刑案與謎團元素，幕後的官民勾結、正邪難分，也成為顏瑜文學往後持續探討的主旋律。目前基層警察一輩子是基層、警大畢業的好學生一輩子都是官，這種「科舉一試定生死」的台灣警察培訓制度是否合理？是否造成更多問題？顏瑜那蘊含小蝦米對抗大鯨魚精神、懷抱熱血的筆桿，正吶喊著我們睜眼面對過往一無所知的社會不公。

在空間中尋「祕」
——《詭祕客Crimystery 2022》讀後

本文作者／陳木青

理解犯罪文學的年度指南

剛收到《詭祕客Crimystery 2022》時，書名乍看之下還以為是一本懸疑或驚悚小說，但在翻閱目錄和細讀內容後，才發現此為專事推理、偵探、犯罪文學的寫作者、研究者與評論者之現身說法，並提供相關的閱讀書單。若以考試角度來看，這無疑是掌握此類領域的重點整理，透過專家的解說、分享跟析論，讓讀者得以尋「祕」，一探字裡行間有待發掘的「詭」跡。

以編輯樣態論之，例如「完美犯罪讀這本！2022」專欄，便分金、木、水、火、土五個子類，分別對應到年度最佳長篇小說、海外華文小說、翻譯小說、短篇小說、非小說，而這樣的模式使我不禁聯想到一些出版社會請某主編挑選該年度其所認可的佳作，形成所謂的「小說選」、「散文選」。然而，與這些選本不同的是，本書並不提供文本內容，而是透過介紹、論評或專題探討來引發好奇心，甚至進而去閱讀原作；易言之，此書可謂為導引指南，讓未曾接觸或想進一步深入認識的讀者，能避免在茫茫書海中撈針，而是直接就可挖掘到值得閱覽的寶藏。不過，我想《詭祕客》的發行走得更遠，除了統整書訊之外，透過國、內外犯罪作家的交流、對談，更是拋出值得關注的風向球，引領大家去思索接下來犯罪文學創作是否有新的、不一樣的可能性。

以「空間」作為技藝／記憶

若從架構內容來看，或許能發現「場面」、「場域」、「地景」、「國境」、「在地」等和空間有關的語彙實為本年度策畫的關鍵詞。在推動作品情節的要素中，無論是犯罪行動，還是疑團的解開，均須仰賴人們活動、生活的空間。范銘如更言及「文本內的空間或文本外的空間總是交合著某種弔詭的場域，在共謀或對立的二元中拉扯、擺盪、辯證間留下時代性的印記」（《文學地理：台灣小說的空間閱讀》，頁37）依此而言，空間並非僅可虛構，而是也能有所依憑，並在文本的內、外相互疊合，形成具有虛實相間之意涵。就「紙上跨國論壇」此部分觀之，可了解作家在構思文本時，對空間設定的想像和實踐。例如提子墨論及因其較追求原創性，所以會期待自己寫出真實世界尚未發生過的人事物，但無論是《熱層之密室》的環球太空站，還是《水眼》的水下觀測所，或多或少與現今科技所打造的空間有所關聯，而非全然憑空捏造；瓦希姆・汗（Vaseem Khan）則更是提到他在印度目睹的混亂景象，且造就了第一本小說場景的誕生，使得文本空間與現實境況更為緊扣；當然，文本外的空間不必然就等同於現實場景，例如三津田信三述及《如山魔嗤笑之物》中的屋宅乃變形自使後世充滿異想、揣測的船隻「瑪麗・賽勒斯特號」（Mary Celeste），進而將山屋和密室類比。

至於台灣本地犯罪文學之作品，更是可透過洪敍銘的研究論述和紹介，讓讀者感受到文本中獨特的在地元素，其中亦涉及鄉野傳奇、風俗信仰乃至時代風氣和社會氛圍。例如《沙瑪基的惡靈》、《山怪魔鴞》、《縛乩：送肉粽畸譚》等小說觸及小琉球、高雄茂林和彰化沿海的傳說習俗，指涉性頗為鮮明，也使讀者容易好奇和產生熟悉的帶入感；《墜落的火球》、《別進地下道》、《流》、《國球的眼淚》、《我是漫畫大王》等諸作則是和台灣本土的政治事件、地方變遷、歷史演繹有關，並以時代脈絡為經，家／國發展為緯，設計引人入勝之詭計及能有同情共感的情節。而且，除了小說文本之外，更為難得的是，本書也關照到影視作品中的場面空間，如喬齊安便談及《天字第一號》、《地獄新娘》、《六個嫌疑犯》等六〇年代的台灣犯罪電影，這些作品的特色為受外國影響甚多，如《米蘭夫人》（Mistress of Mellyn）、《第六個嫌疑犯》（《第六の容疑者》）等，若能進一步比較、對讀彼此間的異同，應能從影像中發現專屬於當時候的台灣風貌。

不僅是上述所論，楓雨、余心樂、黑燕尾、戲雪、蘇那等作者的文章均也談論到文本跟空間的關係，相當值得一讀。雖然目前在學界中，文本的空間研究已成顯學，但若從犯罪、偵探或推理小說來看，大眾在閱讀上仍不免將焦點放置在情節、人物和解謎過程，空間的構建彷彿成為次要或無關緊要。此處筆者並非有意要將空間拉到至高無上的地位，但欲說明的是，此亦是情節進展的重要元素，不宜簡單視之。是以，在閱讀完本期的《詭祕客》後，能強烈感受到策劃者對空間議題的重視，且主軸也相當一致，更讓筆者進一步認識台灣犯罪文學的發展、佳作，以及許多人的致力耕耘、推廣，實由衷敬佩。最後，不諱言地說，本人已經開始好奇，在二〇二三年的新一期《詭祕客》中，台灣犯罪作家聯會將會持續帶來什麼樣的新論題和新視野，讓我們一同期待吧！

重拾想像力漫步迷途花園的時光

本文作者／邱鉦倫

第一本台灣犯罪文學指南《詭祕客2021》創刊後，對於喜愛犯罪、推理類型文學的讀者來說，是相當振奮人心的消息。在萬眾期待下，《詭祕客2022》一經發行立即吸引愛好者的眼光。

自己接觸推理小說甚早，但是卻僅是淺嘗輒止。想起高中時期在書店閒逛時（這年代還會有人在書店閒逛嗎？）意外在架上看到赤川次郎所著《小偷呀！要立大志》（皇冠版），被反差感極大的標題吸引，從架上取下小說後，竟站著將全書讀完，反覆猶豫舉棋不定遲遲無法將手中的書放回書架，最終將書揣在懷中，拿出連小偷都看不上的少少零用錢結帳。

在中華電信撥接網路的年代（這會不會太暴露自己年紀），各項資訊不易查得，只能透過書末附上的出版消息得知訊息，像是拼湊各項線索的偵探，一點一滴的知道赤川次郎在台灣的出版品，之後利用每個月的零用錢慢慢收集「小偷系列」，同時也在閱讀觸角伸向「三毛貓系列」。

之後呢?沒有之後了。

面對聯考失利、進入社會工作後，也慢慢擺下閱讀推理、懸疑小說的習慣，一頭一頭栽進現實的洪流之中。

隨著漫畫、影視、網路的興起，我也開始認識不同的於福爾摩斯、金田一、江戶川柯南等偵探，也開始知道日本有分「本格派」及「社會派」，還有更多我從未看過的西方推理、懸疑小說作家，可惜一邊忙於工作，一邊照顧家中貓貓狗狗，這些作品都沒有時間好好閱覽，更別說近年被譯介進入台灣，以及台灣在地創作的小說。

不過，幸好有《詭祕客2022》，透過「完美犯罪讀這本！2022」專欄讓我快速掌握海內外的相關著作，以及內容簡評，頒出「金獎」、「木獎」、「火獎」、「水獎」、「土獎」、介紹十六部海內外的作品，特別是台灣在地作家的創作，讓我們感受到在地犯罪推理小說的生機。

再加上輔以「觀看地景——台灣犯罪文學・名場面十三作」一欄，我們更可以透過實際地景來認識小說中所描述的場景，一窺創作者如何在虛實之間轉換，如何將觸眼所及的景物，轉變為筆下的文字。龔鵬程〈台灣區域文學史的寫作與傳統〉一文曾說：「地域，是我們用以理解文學現象的一種線索、一種觀看事務的思維框架。」當台灣犯罪推理小說蓬勃成長的同時，這些真實／小說地景更有助我們以不同的眼光來回顧台灣在地的歷史、地景、文化。

這些作品在故事中呈現出濃濃的台灣「地方感」，因為故事中的「地方」也是我們所生活其中的場所，正因為被我們所生活，空間中投入了心理交流與共鳴，從中產生情感、意義，甚至加以命名，進而成為有特殊意義的空間，所涵蓋之處不僅僅只是空間，而是被想像包覆、充滿著記憶與認同的場域。場域被賦予意義後，成長成為了「地方」，當人在「地方」中生活，透過生活中的互動，於是「地方感」就產生了。最終因為地方感的生成，以生活在其中的人為主體，透過個人經驗的作用，把地理空間賦予意義，地理空間成為「地方」，人與地方發生互動並有所感受。當我們閱讀這些推理、懸疑作品時，感受到作品裡的地方感，並產生在地的情感，同時感受到作家所塑造地方的「意象」。

近年台灣犯罪、推理、懸疑影視作品更是如此，如較早的《返校》先以遊戲打出知名度，再改編為同名電影，其背景正是台灣白色恐怖時期；近年的《華燈初上》則是以台灣八〇年代，台北條通日式酒店為主要場景，一方面透過追查「蘇媽媽」之死推展劇情，另一方面也讓人重新認識早年台北的「條通文化」；《誰是被害者》改編自台灣推理小說家天地無限的長篇推理小說《第四名被害者》。劇題材涉及性別平權、勞工權益、精神疾病等社會議題，並加入不少台灣重大刑案於其中。

這些台灣優秀的推理、懸疑作品開始建立起屬於自己的語調，以在地的背景、歷史為底本，建構出一幕幕精彩的連環線索。透過《詭祕客2022》中不少的訪談紀錄，也了解創作者創作時的心境與概念。想起自己在閱讀赤川次郎小說之餘，曾動心起念想試著寫寫看「推理小說」，沒想到光是設計一個殺人手法就難倒了自己。

我想，在《詭祕客》出版之後，更應該好好按圖索驥，一部部將這些年落下的閱讀習慣補上，讓自己在故事的迷途花園中，撿拾由作者精心設計的一片片線索吧。

詭祕客的一年

既晴　去年年末，國外旅遊終於解封，我也在第一時間訂了機票，準備回到睽違三年的日本，但直航北海道的航班在買好機票後突然被取消，理由是飛機調度不及，看來全球還需要時間適應疫情前的生活。不得已，只好改先飛到成田再轉國內線啦。這三年也是小孩成長最快的階段，見到他一瞬間從幼童成為少年，彷彿打開了從龍宮乙姬拿到的玉匣。

A. Z.　這一年，經歷了一場人生洗禮。戲劇性地鐵樹開花，倍速地花開花謝。無以復加的悲傷，濃縮成字句破碎、試圖拼湊回自己的愛情小說。出版在即，而我仍在校閱傷心。

八千子　前陣子買了キ世界情緒的線上演唱會門票，聽了好幾遍，還請朋友一起來看。其中一位朋友說シリウスの心臓讓她聽到哭了，所以希望讀到這裡的你也能去聽聽這首歌。

葉桑　我大學念生物，念得不搭不七。畢業後，在藥廠做過微生物檢驗員，盡責盡職。但是，微生物在我的筆下是活靈活現，既可以殺人，也可以當命案的目擊者。

提子墨　將近四年沒有回台灣，訂機票時才發現溫哥華來回台北的票價，竟然比疫情前高出一倍以上！一場瘟疫後，許多企業都急著將三年多來的損失立刻回本，結果卻是將虧損轉嫁到消費者身上。目前國際航班的高票價，彷彿被打回三十多年前全球經濟泡沫化時，那種高不可攀的年代。

千筆 最近開始迷上了麥茶。原本就很喜歡茶的氣味，像是伯爵茶有一股令人感到高雅的香氣，就像是身處在英國的下午茶會，焙茶的濃厚氣味則是會讓人想到在鄉間小路的樹下，放的那壺「奉茶」。而麥茶呢？我暫時還沒有什麼相關聯想，在這個夏日的夜裡，伴隨著檯燈，一邊敲打著鍵盤，一邊不時喝著麥茶，同時在苦思著。

楓雨 大家疫情解封都開始出國玩了，我自己今年也解鎖了去日本學會報告的成就，開始思索自己人生的意義，或許真正重要的事情，就是跟所愛的人在一起，那樣不管做甚麼都是有意義的吧！

海盜船上的花 疫情解封了，終於去了心心念念的大阪環球影城瑪利歐園區，也嘗試了第一次的和服體驗，穿上後只覺得腰間綁了一塊盾牌。走一走，還遇到外國人要求合照，對鏡頭微笑的時候，一直在想她知不知道我不是日本人呢？

今年依然是充滿改變和冒險的一年，但不同的是，越來越喜歡這樣自在而任性的自己。開始懂得取和捨，人生太短了，只想留下自己喜歡的人、喜歡的事、喜歡的日子。

貝爾夫人 今年的某一天，與朋友逛街，無意間走進一家店，原本只是抱著來湊熱鬧的心態，進入店內快速瀏覽，看看有啥新鮮貨。就在店內的小小一個角落，我們看到了極為熟悉的懷舊小物，是一台古早的遊戲機。本來以為那只是裝飾，沒想到竟然還可以使用。裡面的遊戲有十幾種，包括：泡泡龍、雪人兄弟、俄羅斯方塊等等，最後我們選擇了快打旋風，兩個人就在店內打了起來，笑料百出，是非常有趣的經驗。

喬齊安 感謝營運釋出名額、也讓台灣旅行社代理了乃木坂46演唱會的行程，能夠在久違的首度出國就到東京巨蛋觀賞齋藤飛鳥畢業演唱會，肯定是人生中難忘的美好經驗。希望未來可以繼續有參加日向坂團與櫻坂團的機會啊，這幾年靠她們帶給我非常大的樂趣。另外也請大家勿錯過七月底上市，值得紀念的角川KadoKado百萬大賞第一屆得獎作品的實體或電子書喲，我親手負責了其中三套大作！

軸見康介　最近搞不清楚自己到底是節儉還是奢侈。

如果是吃飯、交通和日用品之類必要的花費，不管多便宜我還是會有點不情願。前陣子的一個下雨天，我在便利商店看到傘子賣三百台幣，第一個浮現出來的念頭是「要是不買傘，頂多就是全身濕透，接著回家洗澡就好了。換言之，我光是洗澡的報酬就有三百元。」

可是，對於不必要的東西我卻是毫無節操地花錢。比如說，有個網站允許訂製可以下蛋的怪獸觸手Figure，我想都沒想就付了10000台幣。

牛小流　二女兒在父親節前出生，我太激動了摔了一跤，結果腳趾骨折病假三星期。然而太太在月子中心靜養，我只能拐著腳照顧大女兒的起居飲食，期間大女兒有些不適，我更是徹夜不眠幾天。對著天花板感嘆：世上有比顧娃還累的事情嗎？還真的有，比顧娃娃還累的事情是顧兩個娃娃！

蘇那　旅行—期待已久，睽違多時的台灣，終於成行了……

復常—沒有預期的興奮，日常生活開始重回正軌，抗疫的壓力消退了，但二〇一九年的那種被掩按的傷，又再隱隱作痛。

通關—台灣自由行，在二月下旬實施，滿心歡喜正想買機票時，接到一位教師朋友的電話：我要移民啦！ 能來我校代一個學期嗎？拜託！就這樣我又重執教鞭。

歡顏—去年離開教育界，同學們還未能脫下口罩，現已不再「網上授課」了。看見校舍裡一張張露齒而笑的歡顏， 由衷的感動⋯⋯

探望—已決定七月末來台灣，還約了葉桑老師喫茶，希望能見見更多的朋友吧！

林庭毅 這一年充實又非常忙碌，每天除了上班、育兒、創作、閱讀，還去了一趟韓國釜山影展，眼界大開。每日忙得團團轉，卻也在今年購入了PS5，希望等一切告一段落後，能輕鬆好好玩上幾天。

若瑜 有好長一段時間 我的手很忙
忙著拿筆 拿麥克風 打鍵盤 打手機 打小人 打醒混沌的我自己
不同的人生角色 佔據了白天 耽誤了夜晚
也蹉跎了某個大齡女子的歲月
最喜歡的 還是踏上街頭與人群接觸的那個身分
用最正當的理由 去笑鬧 去搭訕 去獻醜
每到這個時候 總覺得 何其好玩
好看的衣服 適合的裝扮
熱情的遊客 順暢的歌喉
賞臉的天象 清揚的晚風
很慶幸 那時那刻 我在那裡
共享了誰的旅程
共創了誰的記憶
這種時候 連混沌都是絕美的
又何妨

白羅 前陣子利用假日的空檔到台南看棒球。台南球場的右外野界外區闢建了獨立的觀眾席，這個被命名為鑽石席的區域坐落在牛棚後方，緊連著室內打擊練習區。比賽前不時有主力球員從眼前經過，他們練習結束後從打擊練習區進入球場旁邊的休息區準備出賽，比賽進行中也可看到後援投手在眼前的牛棚熱身後，直接走上投手丘登板投球。第一次在球場圍牆內以水平的角度觀看職棒比賽，是個特別的體驗。

左手的圓　今年二月接到噩耗，認識十多年的好友罹癌去世。好友生前個性倔強、好面子，罹癌的事保密到家，沒幾個人知道他患病，多數親友都是在他逝世後，才透過二、三手的消息，東撿西湊慢慢拼出他從診斷罹癌到病逝的那段最後的人生光景。自從他離開後，我無數次檢討自己，過去一年數度想捎訊息給他、約他吃飯，最後總因欠缺臨門一腳的動力，拿起的手機又放下，總以為下一次還有機會，下一次吧。遺憾的是，人生並不總是能如願實現下一次。

致安　心裡常想著要是有時光機，就能招待小時候的自己，來享受已是大人的他在STEAM裡成千上百款滿滿的遊戲或是架上成堆的漫畫、小說書籍，我想他會很開心的！

現在想在工作和日常生活裡找到一個平衡，今年也抽空和女友約了日本行，看女友穿上和服就搖身一變成為溫柔婉約的大和撫子，當她走在伏見稻荷大社那層層朱紅色相映的千本鳥居之間時，那景象真是美不勝收！心裡瞬間就把小時候的我給拋之腦後了。

市營鷺　這一年依然經歷各種生老病死，留下來的人們有各自努力的理由，也希望自己能夠多吸收一些正能量。目前最大的幸福是能躺著悠閒看完一本小說。

陳俊偉　題目好難，我最近半年都在讀東野圭吾、今村昌弘、乙一等人的作品，數量好多。如果有什麼跟「犯罪小說」沒有關係，大概是種樹吧！包含雪舞櫻x4、龍眼樹x2、檸檬樹x2、多種防蚊類型香草。七月中旬訂了九個小盆栽的野山櫻，我還在想怎麼處理。即使在偏鄉地區，實際上可以使用的公地空間都已經被鄉親們種植其他樹種。真是傷腦筋～我還是努力寫稿買塊小農地吧！七月的股票有起死回生的狀態，讚！讓我來招「林黛玉倒拔垂楊柳」。

M. S. Zenky　疫情終結後的生活實在忙得太可怕了，所有事情同時發生，每天睡醒看到未讀訊息數都快PTSD了。外子作為小眾樂器獨奏家，光國內邀演場次就報復性增長，車子里程數不知道能環島幾圈，還挑戰在公認最難推票的中部大型場館的平日晚間辦演出　想想我的狗女兒在四月某天早晨突然無預警離世，也許是她預知這一切後最後的貼心吧？

　雖然我目前仍是麻瓜，從小怕鬼、不看鬼片、不聽鬼故事，可能因為忙得高壓，不小心迷上漫畫《黑暗集會》，學習到——原來病嬌是種傳染病（並不是）外，也終於發覺自己對靈異的恐懼，不過是源於火力不足！

惡之根Troy　這一年真是過得十分充實忙碌，比較開心的是，終於比較理解在教學現場如何實施雙語教學了，原來雙語教學要符合在地全球化，之前還以為要用全英教自然科學呢，這也算是一種突破吧。設計了幾個教案，也獲得學生正向的回饋，其中一個竟然還說"I will study hrader."真是太讓人熱淚盈眶了。

艾德嘉　今年為了減肥，不小心迷上了運動。本來一直覺得運動等於痛苦的我，現在也學會享受燃燒脂肪帶來的快感了。在大安森林公園外圍騎腳踏車，伴著涼風與汗水，肢體的痠痛變得沒那麼難受。配合168斷食法，我覺得身體變得更健康了。

　要甩開過去的自己其實沒那麼困難，困難的是開始擁抱新生活時，必須每一天都堅持下去。有時候我會在深夜看著泡麵，懷念著過去的放縱，然後默默把它放回櫃子裡，安慰自己明天體重計的成果會帶來喜悅，不要作令自己後悔的事。

廣吾　原本認為近期一事無成，但以「一年」為單位回想，發現今年也發生了許多「第一次」。雖然不一定都是好的。

身邊朋友紛紛面臨就業焦慮，我也不知為何走到這裡。看到喜歡的作品，安溥和熊仔得了金曲獎，多少都讓我找回一些初心。但得倚靠這種方式，是不是哪裡出了問題。

原本這種回顧文多少想寫的幽默一點，或是乾脆將整段文字貼到Chap GPT，詠唱咒文：「將以上段落以幽默口吻改寫」。

也許明年看到這些文字，會覺得自己到底在幹麻，那也算是一種幽默吧。希望囉！

廖弘欣　去年底獲得電視節目劇本創作獎長篇首獎的《朝宇宙放送》，是一齣以航海家金唱片、暗淡藍點與「世界上最美麗的聲音」為經緯的冒險綺想故事。寫作總是痛並快樂著，不過這齣包含了一堆亂七八糟元素、一群人追趕跑跳碰的故事——充斥著天文傳說、田調採集、奇想詭辯與人類轟轟烈烈的失敗，從外太空嘴砲到內子宮，堪稱無用知識大全集，我自己是寫得很開心啦XDXDXD～

Katniss蕭瑋萱　夏天總讓人感到疲倦，悶熱潮濕。上個月百無聊賴地滑著手機，無意義的影片一個接著一個，「貓語」教學影片就這樣竄進生活裡，從此星火燎原一發不可收拾。接下來天天擱著正事不做，興沖沖地大街小巷找貓咪，鎖定目標便開始Ma-Ah、Ma-Ah地叫個不停。驚人的是這招百發百中從沒失誤，貓咪睜大眼睛，從遮雨棚跳下，尾巴翹起，繞著我蹭啊蹭。內心的小小人尖叫、跺腳、高喊哈雷路亞。老天爺啊，我是全世界最幸運的人。

陳力航　過去這一年我參與《艋舺謀殺事件》的製作，以及負責《島電生活》、《李登輝一〇〇》的展覽先期研究，同時也將第二本書的原稿交出去，真是鬆了一口氣。因為實在太忙，所以電動很久沒有打，NPB、MLB都只有看球隊比數，倒是五月的時候帶學生球隊在史學盃拿到季軍（慢速壘球）。生日時去吃了橘色火鍋，最後的雜炊超級經典。最後，看到一堆人先後出國，突然覺得疫情時代真正過去了。

許雅玲　過去這年我開了公司，創立自己的品牌。歷史調查、展示企劃的工作雖然持續進行，但多了公司負責人這個新身分，也象徵新責任的降臨。另外，隨著疫情告一段落，出外訪談、踏查的工作多了起來，工作過程中多少有些奇遇，比如在田調現場角落，默默觀察我和工作夥伴的猴子，彷彿猴子也在做田野調查。

賴特　今年太忙，想要長期地本日公休下去。

如何申請加入「台灣犯罪作家聯會」

下一個犯罪作家就是你！
誠徵才華洋溢的小說家、評論家、以及熱愛犯罪小說的未來新星。　台灣犯罪作家聯會，是一個以台灣犯罪文學的創作、評論、出版、活動為主要事務的互助組織，發展方向共有四大主軸：深耕創作、建構評論、發展閱讀、締結國際。

詭祕客俱樂部讀者入會辦法

凡購買《詭祕客》任一期，至「台灣犯罪作家聯會」官網上的「詭祕客俱樂部」單元，在右上角註冊連結中，填寫基本資料並上傳購買證明，經審核通過後就可成為俱樂部「詭迷」(Crimi)，享有一年期的詭迷資格。

逆思流

詭祕客Crimystery2023

作者／台灣犯罪作家聯會
執行長／陳君平　榮譽發行人／黃鎮隆
協理／洪琇菁　國際版權／黃令歡
總編輯／呂尚燁　美術編輯／陳聖義
執行編輯／丁玉霈
發行／英屬蓋曼群島商家庭傳媒股份有限公司城邦分公司　尖端出版
台北市中山區民生東路二段一四一號十樓
電話：（〇二）二五〇〇－七六〇〇（代表號）
傳真：（〇二）二五〇〇－一九七九
中彰投以北經銷（含宜花東）／楨彥有限公司
電話：（〇二）八九一九－三三六九
傳真：（〇二）八九一四－五五二四
雲嘉經銷／威信圖書有限公司　嘉義公司
電話：（〇五）二三三－三八五二
傳真：（〇五）二三三－三八六三
南部經銷／威信圖書有限公司　高雄公司
電話：（〇七）三七三－〇〇七九
傳真：（〇七）三七三－〇〇八七
香港總經銷／城邦（香港）出版集團有限公司
香港灣仔駱克道193號東超商業中心1樓
電話：（八五二）二五〇八－六二三一
傳真：（八五二）二五七八－九三三七
E-mail：hkcite@biznetvigator.com
馬新經銷／城邦（馬新）出版集團　Cite(M)Sdn.Bhd.
E-mail：Cite@cite.com.my
法律顧問／王子文律師　元禾法律事務所
台北市羅斯福路三段三十七號十五樓
二〇二三年九月一版一刷

■中文版■

郵購注意事項：
1. 填妥劃撥單資料：帳號：50003021戶名：英屬蓋曼群島商家庭傳媒(股)公司城邦分公司。2. 通信欄內註明訂購書名與冊數。3. 劃撥金額低於500元，請加附掛號郵資50元。如劃撥日起 10～14日，仍未收到書時，請洽劃撥組。劃撥專線TEL：(03) 312-4212 ・ FAX：(03) 322-4621。E-mail：marketing@spp.com.tw

國家圖書館出版品預行編目資料

詭祕客Crimystery 2023/台灣犯罪作家聯會 著；
--初版.　--臺北市：尖端出版，2023.09
面；公分.--(逆思流)
譯自：
ISBN 978-626-377-011-9(平裝)

863.27　　112012231